강서울 현대 판타지 소설

MODERN FANTASTIC STORY

탑스타의 재능서고

탑스타의 재능 서고 3

강서울 현대 판타지 소설

초판 1쇄 찍은 날 § 2021년 4월 19일
초판 1쇄 펴낸 날 § 2021년 4월 26일

지은이 § 강서울
펴낸이 § 서경석

총괄팀장 § 노종아
편집책임 § 박현성
디자인 § 공간42

펴낸곳 § 도서출판 청어람
등록번호 § 제387-1999-000006호
등록일자 § 1999. 5. 31
어람번호 § 제1-3131호

주소 § 경기도 부천시 부일로 483번길 40 서경B/D 3F (우) 14640
전화 § 032-656-4452 팩스 § 032-656-4453
http://www.chungeoram.com
E-mail § chungeorambook@daum.net

ISBN 979-11-04-92337-1 04810
ISBN 979-11-04-92327-2 (세트)

도서출판 청어람

3

강서울 현대 판타지 소설

MODERN FANTASTIC STORY

탑스타의 재능 서고

탑스타의 재능서고

목차

제1장

뮤직스튜디오

각종 음악방송 스케줄이 끝날 때마다 순위는 조금씩 올라가고 있었다.

어제는 급기야 20위권까지 들어섰던 노래가.

우두커니 저 위에 박혀 있다.

“10위라고? 진짜?”

마침내 10위 안을 꿰찰 줄이야.

상준은 믿기지 않는다는 눈빛으로 한참을 멍하니 서 있었다.

‘마이픽’으로 충분히 인지도를 얻긴 했지만, 그럼에도 신인이 올라갈 수 있는 데는 한계가 있다.

‘역주행.’

간혹 그런 케이스로 10위권까지 오르는 신인 그룹들이 있긴 하지만, 그러기도 부족한 시간이다.

의아한 눈빛으로 돌아보는 상준에게 도영이 흥분한 얼굴로 말을 뱉었다.

"그게 어떻게 된 거냐면……."

사건의 전말은 이랬다.

수많은 직장인들이 오고 가는 출근 시간.

언제나처럼 붐비던 1호선 위로, 기관사의 안내 방송이 울려 퍼진다.

—음음. 지금 열차 내에 물건을 팔고 계시는 분이 있어서… 민원이 들어오고 있습니다. 다음 역에서 내려주시기 바랍니다.

일상적인 방송을 마치고, 마이크를 놔두었던 기관사.

그는 습관적으로 휴대전화에서 즐겨 듣는 노래 목록을 틀어 놓았다.

왜인지 자꾸만 귓가를 맴도는 노래.

'들을 때마다 끌린단 말이지.'

더욱이 잠에 취한 아침을 깨우는 데는 최고인 노래다.

우연히 라디오에서 접한 노래인데도 중독성 있는 후렴구가 자꾸만 귀에서 맴돈다.

하지만, 그도 단 한 가지는 예상하지 못했다.

어서 전화받아

너의 아침을 깨워줄 모닝콜

그의 휴대전화에서 울려 퍼지던 멜로디가.
너무도 자연스레 승객 칸으로 향했으리라는 건.
"뭐야."
자리에 앉아 있던 승객들이 놀란 눈으로 고개를 들었다.
출근 시간에 이어폰을 꽂고 음악을 듣는 경우는 많았지만.
버스도 아닌 지하철에서 음악이 흘러나오는 경우는 처음이다.
나란히 앉아 있던 두 여중생은 웃음을 터뜨리며 휴대전화를 꺼내 들었다.
"야, 야. 지하철에서 노래 나온다."
"저거 뭔지 알아?"
20위권인 곡이기에, 단번에 알아채는 사람도 있었지만.
나온 지 얼마 되지 않은 곡이라 모르는 이들도 많았다.
그럼에도.
모닝콜은 그런 이들마저 사로잡기에 충분했다.
"이거 무슨 노래지?"
"야, 그 이번에 새로 나온 곡이잖아. 탑보이즈."
"탑보이즈?"
여중생이 묻는 말에 옆의 친구가 고개를 끄덕인다.
그 와중에도 쉴 새 없이 흘러나오는 멜로디.
여중생은 저도 모르게 발을 까닥였다.

내 얘기를 들어볼래

I wanna hear your voice

"근데 진짜 좋은데?"

"그만 감상하고 어서 영상이나 찍어봐 봐."

"대박, 대박."

지하철에서 벌어지는 신박한 광경.

SNS가 활성화되어 있는 요즘에, 이 신기한 경험을 남겨놓지 않을 이가 없었다.

저마다 휴대전화를 꺼내 드는 사람들.

"야, 어서 올려. 올려."

#1호선 #출근길 #탑보이즈 #모닝콜 #노래조음

해시태그까지 손수 붙여가며 별스타그램에 게시 글을 올린다.

순식간에 불어나는 게시 글.

"야, 나 살다 살다 지하철에서 노래 나오는 건 처음 듣는데?"

"광고야?"

"방송 사고 같은데?"

그제야 관련 상황을 연락받은 기관사가 다급히 말을 더했다.

—아아. 안내 말씀 드립니다.

—마이크 사고가 잠시 있었습니다. 열차는 정상 운행 됩니다.

붉어진 얼굴로 방송을 마치는 기관사.

'아이고. 멍청하게 마이크는 왜 켜둔 거야.'

하지만, 그는 몰랐다.

그의 사소한 실수가 '탑보이즈'를 10위의 반열에 올려놓을 줄은.

*　　　*　　　*

"아니, 계속 올라간다니깐. 우리가 홍보를 안 해도 알아서 퍼날라 주는데."

SNS의 파급력이 이렇게 컸음을 새삼 느낀 조 실장이다.

「1호선의 라디오방송」.

영상은 이미 이색적인 제목을 달고 각종 커뮤니티에 퍼지고 있었다.

워낙 위를 가로막고 있는 유명 가수들의 콘크리트 곡 때문에, 더 이상 치고 올라가진 못한 상태지만.

"벌써 7등이라니."

"대박이죠. 이제 막 데뷔한 신인이."

유지연 선생도 흥분한 목소리로 말을 더했다.

연습실에서 실수했다고 구박받던 게 엊그제 같은데, 데뷔와 동시에 이렇게 터져 버리다니.

유지연 선생은 기분 좋은 미소를 지어 보였다.

그 순간.

띠리링—.

요란한 전화벨 소리가 유지연 선생의 주머니에서 울려 퍼졌다.

"어?"

발신인을 확인한 유지연 선생의 눈빛이 흔들렸다.

원형석 선배님.

그녀는 다급히 휴대전화를 들었다.

"네, 선배님."

—아, 탑보이즈 있지.

"네?"

한 치의 망설임도 없이 훅 들어오는 원형석.

유지연 선생은 당황한 낯빛으로 되물었다.

원래 본론부터 들어가는 성격이기에 그러려니 했지만.

—단체로 출연 한번 해.

"네에……?"

이건 정말 예상을 못 했다.

'뭐야? 무슨 일이야?'

충격에 휩싸인 유지연 선생의 표정을 보곤, 조승현 실장이 다급히 입모양으로 물었다.

하지만, 조승현 실장의 말에 대답할 시간은 없었다.

곧바로 원형석의 말이 이어져 왔으니까.

—크흠. 우리 원래 1등 하는 가수들만 취급하는 거 알지?

갓 데뷔한 신인인데 7위.

누가 봐도 놀랄 성장세였다.

'분명 그것 때문에 마음을 돌린 거겠지.'

실력을 확인한 상준만 데려오고 싶었지만.

예상보다 음원 성적이 좋게 나오니 마음을 바꾼 모양이었다.

그렇기에, 말은 저렇게 해도 탐을 내고 있다는 걸 알 수 있었다.

유지연 선생은 웃음을 터뜨리며 말을 뱉었다.

"선배님도 참 거짓말은 못하시네요."

—그런가.

원형석은 너털웃음을 터뜨리며 말을 뱉었다.

하지만, 이내 그의 목소리가 차갑게 가라앉았다.

—그래도 한 가지는 안 돼.

"네?"

원형석의 뮤직스튜디오.

그곳에서 가장 강조하는 점은 단연 음악성이었다.

대중성을 고루 갖춘 유명 가수를 데려오는 건 사실이지만.

'실력.'

그게 없으면 쳐다도 안 본다.

그렇기에 원형석이 고집하는 게 있었다.

—립싱크는 안 돼, 절대로.

"아."

유지연 선생도 그걸 모르는 건 아니었다.

게다가, 그녀가 본 멤버들은 충분히 보컬 면에서도 실력을 갖춘 친구들이니까.

다만.

모닝콜은 아니다.

쉴 틈 없는 동선에, 처음부터 누워서 시작하는 안무.

거기다가 하이라이트의 빡센 안무까지.

'그거를 완전히 라이브로 하라고?'

머릿속에 떠오르는 의문.

유지연 선생은 복잡한 표정으로 전화를 끊었다.

*　　　　*　　　　*

"라이브라고?"

"그것도 백 프로. 립싱크 없이."

상준은 담담하게 말을 뱉었다.

'드라마 인 드라마' 촬영 중에도 줄곧 유지연 선생의 말이 떠올라 머리를 복잡하게 했다.

하운이 놀란 눈으로 되물었다.

"아니, 그러면 립싱크 조금이라도 하면."

"안 내보내겠다는 거지."

워낙 유명하다. 사실 그래서 아이돌을 단체로 받은 경력이 거의 없고.

하다못해 블랙빈조차도 보컬 강세인 멤버 몇 명만 다녀온 상태였다.

"아무래도 그 춤에 백 프로 라이브는 위험하긴 하지."

한 번 연습을 하고 나면 빡센 동선에 헐떡일 정도인데.

자칫하다 삑사리라도 나면, 그렇게 깎아먹을 이미지가 오히려 더 타격이 크다.

그럴 바엔 안 나가는 게 낫다는 조승현 실장의 의견마저 있었을 정도로.

하지만.

"기회를 잡은 이상 날릴 수는 없지."

"그건 또 그러네."

하운이 고개를 끄덕이며 말을 뱉었다.

누구보다 열심히 찾아온 기회를 붙들고 있는 그이기에 동감할 수 있는 말이었다. 하운은 대본을 되짚으며 상준을 돌아보았다.

"그럼 어떻게 할 거야?"

냉정하게 말해서 상준 혼자라면 충분히 가능하다.

'모닝콜' 무대.

완벽한 라이브를 해내려면 피나는 노력이 필요하겠지만.

'지금 내 역량으로는 할 수 있어.'

「신이 내린 목소리」에 이어서 「신이 내린 가창력」.

웬만한 호흡에도 흔들리지 않을 정도로 보컬 실력은 갖춰진 상태다.

거기다 「유연한 댄싱 머신」이 적당히만 받쳐준다면 못 할 것도 없다.

'하지만…….'

무대는 결코 혼자 만드는 게 아니다.

'마이픽' 첫 경연 때 YH 엔터의 멤버들과의 무대를 망쳤던 서재진처럼.

혼자서만 잘해서는 좋은 무대를 만들 수 없으니까.

그렇기에.

모두가 할 수 있는 '모닝콜' 무대를 재탄생시켜야 한다.

생각에 잠겨 있던 상준의 귓가에, 명랑한 목소리가 울려 퍼진다.

"선배!"

"어?"

아린이 해맑은 표정으로 옆에 앉았다.

때마침 자리한 아린에게, 하운이 대강의 상황을 설명했다.

잠자코 얘기를 듣고 있던 아린이 고개를 갸우뚱했다.

"음. 그러면 라이브 무대를 단체로 해야 한다는 거죠?"

"그렇죠."

"모닝콜이 발라드 공연은 아닌데……."

발라드 위주로 만들어진 무대였다면 얘기는 다르겠지만, 모닝콜은 아니다.

탑보이즈의 팬으로서 영상을 수백 번 본 아린은 곧바로 심각성을 알아챘다. 아린은 고개를 까닥이며 말을 이었다.

"그렇다고 모닝콜이 록 공연도 아니고 말이죠……."

상준이 선보였던 헤비메탈 무대를 은연중에 떠올리며 피식 웃는 아린.

정말이지 신선한 충격을 선사했던 당일의 라이브 무대, 'He's gone.'

그저 추억 삼아 꺼냈던 말일 뿐인데.

"선배……?"

어쩐지 오늘도 불안하다.

아린은 멍한 얼굴로 허공을 응시하는 상준을 보곤 침을 삼켰다.

저 반응은.

분명 기상천외한 무언가를 떠올려 냈을 때의 반응이다.

"와. 아린 씨."

"네?"

아까까지만 해도 초점이 없던 상준의 눈이 어느덧 반짝이고 있었다.

불안해진 아린의 눈빛이 흔들린다.

'오빠, 제발 정상적인 걸 하라고요.'

다급한 팬의 속마음을 알 길이 없는 상준의 목소리가 해맑게 울려 퍼졌다.

"아린 씨는 진짜 천재예요, 천재!"

'좀 더 멍청해질걸.'

아린은 진심으로 후회하며 고개를 떨구었다.

제2의 메탈 상준급의 무대를 들고 온다고 해도 아린은 그를 따를 생각이었다.

'외면하지 않는 게 팬의 도리…….'

게다가, 사실 아린은.

'아리랑.'

그 충격적인 무대로 팬이 된 사람이니까.

별달리 할 말은 없었다.

아린은 헛기침을 하며 조심스레 물었다.

"그래서……. 뭐 하시려고요? 이번에도 헤비메탈……?"

하지만, 상준은 아린의 예상보다 큰 그림을 그리고 있었다.

'가만 보자.'

상준은 생글거리며 분주한 촬영장을 응시했다.

저 촬영장을 마치 무대라고 생각하면.

왼쪽에는 도영을, 오른쪽에는 선우와 제현을. 중앙에는 유찬을.

그리고 자신은 뒤쪽에서 무대의 균형을 맞추면 된다.

"으음."

「기적의 포토그래퍼」를 반납한 상준은 자연스럽게 작곡 재능을 꺼내 들었다.

귓가에서 울려 퍼지는 생생한 멜로디.

완벽한 조화가 이뤄질 무대를 떠올리며 상준은 감격에 찼다.
'우리의 뮤직비디오 컨셉에도 맞고.'
이대로만 무대가 이뤄진다면.
'멤버들이 소화하는 데에도 무리가 없어.'
마치 치밀하게 짜인 듯한 완벽한 무대.
상준은 혀를 내두르며 한 걸음 뒤로 물러섰다.
"딱이네."
짝짝짝.
흡족한 표정으로 박수를 치는 상준의 뒤에서, 아린과 하운이 속삭였다.
"조금 무서워지기 시작했어요."
"왜요. 기대되는데?"
하운은 미소를 지으며 상준의 뒷모습을 응시했다.
이상하지만 그럴싸한 거.
"그런 거 들고 오는 게 습관이잖아요, 저 형."

* * *

다섯 명이 들어가도 널찍한 합주실.
뒤쪽에 설치되어 있는 드럼과, 키보드. 벽에 세워진 일렉기타까지.
도영은 의아한 얼굴로 주변을 두리번댔다.
"아니, 여긴 왜 부른 거야?"
한눈에 봐도 평범한 연습실은 아니다.
도영을 따라 들어온 멤버들도 휘둥그레진 눈으로 주변을 둘러보았다.

'왜 여길 온 건지는 모르겠지만.'

"하. 피아노 하면 차도영이지."

"저건 또 뭐래."

도영은 자화자찬을 하며 키보드 앞에 앉았다.

디디링.

손을 얹자마자 자연스럽게 흘러나오는 음율.

언제 들어도 깔끔하고 완벽한 연주다.

"……."

"어떻게 된 거야."

상준이 생각에 잠긴 표정으로 멍하게 서 있으니, 더 물어볼 것도 없다.

제현은 어깨를 으쓱해 보이며 일렉기타를 들었다.

예전에 일렉기타를 한번 배운 적은 있었으니, 초보적인 수준이지만 칠 줄은 안다.

"뭐야. 다들 악기 실력 자랑 타임이야?"

선우는 피식 웃으며 어쿠스틱기타를 들어 올렸다.

딩딩.

칼립소의 기초적인 리듬이 울려 퍼진다.

비록 완벽하진 않지만 기억을 더듬어서 해보는 연주.

노린 건 아니었지만.

셋의 연주가 자연스레 어우러져 하나가 된다.

'이 그림.'

생각을 마친 상준이 천천히 눈꺼풀을 들어 올렸다.

부드러운 목소리가 그의 입에서 새어 나온다.

"좋네."

"어……?"

멍하니 서 있던 상준이 멤버들을 돌아보며 미소 지었다.

"저… 저, 너 또 왜 그래."

느닷없이 조승현 실장에게 부탁해서 이 합주실을 빌린 이유.

상준은 핑그르르 자리에서 돌며 씨익 미소를 지어 보였다.

다름이 아니라.

"우리, 밴드 할 거야."

"오."

짝짝짝.

도영이 박수를 치며 자리에서 일어났다.

아리랑과 헤비메탈의 콜라보레이션 무대까지 들어본 입장에서 이제 더는 놀랄 일도 없다.

다만, 한 가지 문제라면.

"내가 하는 밴드는 데일밴드밖에 없는데."

"차도영 헛소리하지 말고."

"형이 한 게 한층 더 헛소리였어."

밴드로 데뷔한 것도 아닌데 갑자기 밴드라니.

도영을 혀를 내두르며 뒤로 물러섰다.

해맑고도 당당한 상준의 눈빛.

도영은 회심의 일격을 날렸다.

"드럼, 드럼은 누가 할 건데? 칠 줄 아는 사람 있어?"

당연히 없겠지.

기초적인 리듬을 배우는 것만으로도 몇 개월이 걸리는 드럼이다.
도영은 자신만만한 얼굴로 고개를 들었다.
그런데.
흔들흔들—.
"아아……."
이건 예상하지 못했다.
뭐든 해내는 규격 외의 존재.
도영은 해탈한 표정으로 고개를 끄덕였다.
상준은 담담한 목소리를 말을 이었다.
"드럼은 내가 배웠으니까……."
"형, 나 진지하게 궁금한 게 하나 있는데."
도영이 상준의 팔을 덥썩 잡으며 말을 뱉었다.
"대체 22년 동안 형은 뭘 하면서 살아온 거야?"
"어……?"
뭘 하는 족족 못하는 게 없다.
안무도 잠깐 보면 외워 오고, 보컬은 물론이고 연기까지 잘한다.
요리는 못할 줄 알았더만 그것까지 잘하고.
도영은 다급히 제현이 들고 있는 기타를 손으로 가리켰다.
"저거 칠 줄 알지?"
"그렇지?"
「악기의 마에스트로」.
이 재능이 특정한 악기에 국한되어 있는 게 아니었으니까.
상준은 당연하다는 듯 고개를 천천히 끄덕였다.
"그럼, 이거는?"

도영은 충격에 빠진 표정으로 인터넷상에서 캐스터네츠의 이미지를 꺼내놓았다.

상준은 피식 웃음을 흘리며 말을 뱉었다.

"야, 이건 어린 애들도……."

"형은 분명 이것도 예술적으로 칠 거 같거든."

크흠.

그동안 재능을 너무 과감하게 보여준 건가.

상준은 도영을 외면하며 고개를 돌렸다.

그럼에도 도영의 목소리는 속사포로 이어졌다.

"형은 분명 캐스터네츠로 드럼을 만들어낼 거야."

"에이, 그건 아니다."

무리수를 던지는 도영에게 손을 내저었지만 도영은 진지했다.

큰 깨달음을 얻은 듯한 표정으로 도영이 말을 뱉었다.

"나는 내가 재능이 없는 줄 알았는데 아니었어."

"……."

"저 형이 이상한 거였어……."

그걸 이제 알았냐.

유찬이 혀를 차며 도영을 옆으로 밀쳐냈다.

상준이 어떤 컨셉을 그리려는지는 대강 이해했다.

"우리 뮤직비디오 컨셉처럼 악기 하나씩 쥐겠다는 거지?"

뮤직비디오 촬영 때 그랬던 것처럼, 밴드 구성으로 모닝콜을 편곡한다.

유찬의 짐작이 대강 맞아떨어졌는지, 상준이 고개를 끄덕였다.

하지만, 한 가지 문제가 있었다.

"난 악기를 못하는데. 아, 키보드는 조금 치긴 하지만."
그건 이미 도영이 맡고 있으니 애매하다.
사실 중앙에서 랩 파트를 유찬이 맡아도 상관없다.
메인 래퍼인 유찬이 소화해야 할 파트도 꽤 많은 상태니.
"그럼 랩?"
"아!"
기타를 만지작거리던 제현이 불쑥 앞으로 나왔다.
바닥을 손으로 가리키는 제현.
해맑은 그의 목소리가 유찬에게 꽂혔다.
"형은 그럼 여기서 헤드스핀을… 아아악!"
까불대던 제현은 곧바로 응징되고.
난리를 치는 그들을 돌아보며 유심히 턱을 쓸던 상준은 말을 이었다.
"사실, 그냥 밴드는 아니긴 하거든?"
유찬이 짐작한 게 거의 맞아떨어지긴 했지만.
"하나 더 있어."
"뭐?"
"어……?"
동시에 터져 나오는 멤버들의 탄성에, 상준은 피식 웃음을 흘렸다.
밴드 편곡 버전 '모닝콜'도 충분히 근사할 것 같긴 하지만.
상준이 그렸던 그림과는 살짝 달랐다.
반짝이는 상준의 눈빛을 본 도영은 한숨 섞인 말을 뱉었다.
"하여간 이 형, 콜라보레이션 너무 좋아해."
"크흠."

부정할 수 없는 사실이었지만.

상준은 이번에도 자신이 있었다.

"두고 봐. 분명 그럴싸한 무대가 나올 테니까."

*　　　*　　　*

두두둥.

빠른 템포의 멜로디가 울려 퍼진다.

탑보이즈의 이번 데뷔앨범 수록곡 「Dream drop」.

기존 타이틀곡과는 분위기가 제법 다른 파워풀한 곡이다.

"으음."

보컬과 댄스를 동시에 보여주는 대신, 댄스 위주의 퍼포먼스로 무대를 시작한다.

'총 두 개의 무대를 펼칠 수 있는 기회가 주어지니까.'

첫 번째는 관객들의 호응을 끌어모을 법한 댄스 퍼포먼스로 무대를 연 탑보이즈였다.

지난 일주일 동안 온 힘을 쏟아내서 준비했던 무대.

그걸 겨우 한 시간도 안 되는 시간에 전부 쏟아붓자니, 자연히 걱정이 될 만도 하지만.

"뭐, 잘하긴 하네요."

「원형석의 뮤직스튜디오」 촬영 현장.

막힘없는 댄스 실력을 보여주는 멤버들을 보곤 스태프들이 말을 뱉었다.

잠시 무대 아래로 비켜선 원형석.

빠짐없이 멤버들의 퍼포먼스를 응시한다.

"흐음."

턱을 쓸며 고민에 빠진 듯한 그의 모습에서 서 PD는 본능적으로 직감했다.

'마음에 든 것 같지는 않은데.'

가수 위주로 활동해 온 원형석이다 보니, 댄스 퍼포먼스를 평가할 능력은 없었다.

'그냥 열심히 하긴 하네.'

나름 유찬이 직접 창작한 고난도의 안무였음에도, 원형석의 반응은 미지근했다.

그중에도 역시 눈에 띄는 건 앞자리에서 지친 기색 없이 무대를 펼치고 있는 상준이지만.

"무난무난한데요? 뭐 천재적이라더니만."

원형석은 실망한 기색으로 중얼거리고는 앞으로 나섰다.

탑보이즈의 오프닝 무대가 끝나고.

"와아아아!"

푸른 야광봉을 흔들어대는 팬들의 함성.

원형석은 담담한 표정으로 마이크를 붙들었다.

"네, 오늘은 떠오르는 신예죠? 탑보이즈 친구들을 초대해 보았습니다."

"와아아!"

무대를 마치고 온 상준이 헐떡이며 자리에 앉자마자 원형석의 예리한 눈길이 향했다.

'여차하면 저 녀석 분량만 살려야겠군.'

댄스 퍼포먼스에서 별 영감을 얻지 못한 원형석의 반응은 냉담했다.

사실 팬들의 눈에는 완벽했던 퍼포먼스였지만.

'보컬적인 능력.'

다들 그렇게 떠들어대는 상준의 보컬 실력이 궁금했던 원형석이다.

하지만, 그러한 속내는 숨긴 채 미소로 인터뷰를 시작하는 그다.

"이렇게 요즘 핫한 친구들을 만나보게 되네요."

"네, 안녕하십니까!"

"자, 한 명씩 소개해 볼까요?"

다섯 명의 멤버들.

솔로 가수와는 달리 아이돌그룹의 경우, 각자의 매력을 돋보이게 할 수밖에 없다.

그게 바로 인지도고 분량이니까.

"꺄아아. 팬 여러분들, 안녕하세요! 탑보이즈의 도영입니다!"

텐션이 넘쳐흐르는 도영의 자기소개 이후, 모두들 낯을 가리지 않고 싹싹하게 자신을 소개한다.

'그래도 말은 썩 잘하네.'

유심히 멤버들을 살피던 원형석이 불쑥 질문을 던졌다.

수록곡 무대를 하나 선보였으니 이다음은 타이틀곡의 차례일게 뻔했다.

'립싱크는 안 돼.'

그렇게 단언했던 원형석.

유지연 선생이 난처해했던 걸로 보아 안무와 보컬을 동시에 진행하기는 벅찼을 터.

어떤 무대를 들고 왔을지 호기심이 드는 건 어쩔 수 없었다.

멤버들의 역량을 떠보기 위한 은근한 질문이 들어갔다.

"이거 다음 무대는 어떤 스타일인지 살짝만 말해줄 수 있나요?"

"다음 무대는……."

상준이 먼저 마이크를 잡았다.

또다시 상공지능이 될까 봐 살짝 긴장하긴 했으나 다행히 술술 나오는 멘트.

자신감에 가득 찬 그의 얼굴이 카메라에 잡혔다.

"기대하셔도 좋습니다."

"오호."

"이 무대가 진짜거든요."

카메라를 정확히 응시하는 시선 처리.

원형석은 신인답지 않게 카메라를 찾아내는 실력에 속으로 놀라면서도, 떨떠름한 얼굴로 앉았다.

'과연 진짜일지, 허세일지.'

본인이 저렇게까지 말하니 조금은 호기심이 생긴다.

아까까지만 해도 꺼져 있던 기대감이 조금씩 불타오르는 느낌이다.

그 순간.

"네, 무대 시작하겠습니다."

원형석의 말 한마디와 함께 암전이 되는 무대.

오직 멤버들 위로만 은은한 불빛이 내려앉는다.

무대와 살짝 떨어진 자리에서 멤버들을 돌아보는 원형석.

'얼마나 잘하는지 한번 보자고.'

마이크를 잡은 걸 보니 분명 보컬 위주의 공연을 펼칠 모양인데.

번쩍.

조명이 완전히 빛을 발한 순간, 원형석은 사뭇 당황했다.

키보드 앞에 앉아 있는 도영, 기타를 쥐고 있는 멤버들, 게다가.

'드럼……?'

진지한 표정으로 드럼 채를 쥐어 든 상준.

부드럽고도 감각적인 드럼 비트가 연주를 시작한다.

'밴드인가.'

아이돌이 밴드를 하는 광경이 이색적이긴 하지만.

「원형석의 뮤직스튜디오」에 밴드가 출연한 적도 여러 번 있었기에, 원형석은 흐뭇한 미소를 지을 뿐이었다.

'나름 히든카드랍시고 들고 왔구만.'

하지만.

상준의 드럼 비트가 끊어질 듯 사그라드는 순간.

무대 뒤편에서 나타난 새하얀 옷의 무리들.

"뭐야?"

낯선 얼굴들에 원형석의 미간이 찌푸려졌다.

열댓 명의 청아한 목소리가 드럼 비트 위로 얹어진다.

"아아—아아아."

"아아아—아아."

소름이 돋을 정도의 전율.

원형석은 믿을 수 없다는 표정으로 뒤를 돌아보았다.

설마.

'합창……?'

그리고, 그 위에.

부드러운 상준의 목소리가 더해지는 순간.
"아."
원형석은 충격에 휩싸인 표정으로 벌떡 일어났다.

* * *

모닝콜이다. 분명 모닝콜 무대가 맞는데…….
'이걸 본인이 편곡했다고?'
원형석은 믿기지 않는다는 얼굴로 털썩 주저앉았다.
강약 조절이 어려운 드럼.
입문자의 경우 그 리듬을 살리는 일이 쉬운 게 아닌데.
두두둥.
현란한 박자 쪼개기.
물 흐르듯 흘러가는 리듬을 보며 원형석은 다시금 감탄을 내뱉었다.
게다가.
'노래를 부르면서 드럼을 치다니.'
숙련된 사람도 어려운 일이다.

어제는 어땠어 이런 일이 있었어
오후까지 기다리긴 싫어

심금을 울리는 목소리. 음원으로 들었을 때도 충분히 근사했지만, 라이브로 들으니 체감이 다르다.

원형석은 상준의 목소리를 들으며 인정할 수밖에 없었다.
'이건 재능이다.'
들으면 편안해지는 목소리.
'모닝콜'을 자꾸만 듣고 싶었던 이유가 바로 저 목소리 때문이었다.
거기에 청아한 합창의 보이스까지 엮어지니 황홀할 지경이다.
"아."
원형석이 인정한 무대.
당연히 관객석의 반응은 한층 더했다.
폭풍이 휩쓸고 간 자리처럼 고요해진 관객석.
"……."
뭘 듣고 있는 걸까.
"아아아— 아아아."
밝을 줄 알았던 도입부 위로 얹어지는 슬픈 합창의 음색.
맑고도 가슴을 울리는 목소리 위로 멤버들의 목소리가 더해질 때마다 알 수 없는 감정이 든다.
"뭐지."
이게 정말 신인의 실력인가.
원형석은 믿을 수 없다는 듯 고개를 떨구었다.
하지만, 탑보이즈는 그의 예상을 한층 뛰어넘었다.
두두둥. 두둥.
점차 빨라지는 드럼의 비트.
잔잔하게 시작했던 음은 순식간에 밝아졌다.
'분위기를 변조한다고?'
발라드 계열로 편곡을 해 온 줄 알았는데.

자연스럽게 록으로 변화하는 멜로디.

'아리랑과 헤비메탈의 콜라보레이션.'

지난번 유이앱 무대에서 상준이 느꼈던 바를 고스란히 담은 무대다.

마이크를 잡은 유찬이 씨익 웃으며 입을 열었다.

"함께 즐겨주세요."

신이 나는 멜로디에 관객석 모두가 놀란 눈으로 고개를 들었다.

어깨를 들썩이게 하는 밝은 에너지.

"와아아아!"

현란한 드럼 연주를 선보인 상준의 다음으로 유찬의 차례.

유찬은 앞으로 튀어나가며 자신감 넘치는 랩을 시작했다.

무대 매너와 실력을 동시에 갖춘 무대.

원형석은 호탕한 웃음을 터뜨리며 속으로 함성을 질렀다.

'다들 잘하네.'

기대했던 것보다도 훨씬 그 이상.

도영은 미소를 지으며 건반을 스르륵 훑었다.

악기 연주에도 재능이 있는 원형석의 입장에선 그 연주조차도 놀라웠다.

'밴드도 아닌데.'

「원형석의 뮤직스튜디오」에 밴드가 온 것도 한두 번이 아니다.

그때, 원형석이 봤던 밴드들과 실력 면에서 전혀 뒤처지지 않는다.

"와."

사실 밴드에게 가장 중요한 건 개인의 실력이 아니다.

드럼이 너무 돋보이면, 혹은 키보드가 너무 현란하면.

밴드의 노래는 한데 섞인 잡탕이 되게 마련이다.
그 균형을 잡아주는 완벽한 조화.

내 얘기를 들어볼래
I wanna hear your voice

그 조화를 겨우 일주일 만에 잡아 오다니.
"아아—아아아."
틈틈이 섞여 들어오는 화음마저도 완벽하다.
"대박인데요?"
서 PD 역시 놀란 눈으로 원형석을 돌아보았다.
흐뭇한 미소로 웃고 있는 원형석.
실력파 가수들을 데려왔을 때도 방송용 미소만 지었던 그가, 저토록 진심으로 웃고 있다.
원형석과 수년째 일을 같이 해왔던 서 PD는 그저 놀라울 따름이었다.
'원형석조차도 사로잡은 연주.'
감성적인 아까의 목소리와는 180도 달라진 상준의 보이스.
시원시원하게 뻗어가는 고음이 원형석을 흡족하게 한다.
록 감성이 충만한 하이라이트 파트에 이어 나오는 상준의 킬링 파트.
「무대의 포커페이스」.
연습 때는 난리를 쳐가면서 도전했던 파트지만.
이제는 얼굴도 뻔뻔해진다.

상준은 전화를 받는 동작을 취하며 말을 뱉었다.
"전화받아."
"꺄아아아악!"
'어떻게 저리 뻔뻔하게…….'
신인답지 않은 여유에 원형석은 피식 웃음을 터뜨렸다.
한 치의 망설임도 없는 당당함.
핑그르르 도는 드럼 채를 쥐고선, 상준은 씨익 웃어 보였다.

어서 전화받아
너의 아침을 깨워줄 모닝콜

제현의 맑은 목소리를 끝으로.
'모닝콜'의 록 편곡 버전의 무대는 끝이 났다.
그리고.
"와아아아!"
"앵콜! 앵콜! 앵콜!"
「원형석의 뮤직스튜디오」 역사상 가장 뜨거운 함성이 튀어나왔다.

* * *

쉽게 식지 않는 열기.
그건 원형석 역시 마찬가지였다.
'대박이었어…….'
아직 여운이 가시지 않은 표정으로, 그는 마이크를 움켜쥐었다.

무대를 마치고 온 멤버들이 헐떡이며 자리에 착석했다.

댄스 퍼포먼스를 보여줬을 때보다도 한층 숨이 차오른다.

"아이고."

정신없이 키보드를 두들기던 도영은 욱신거리는 팔을 뒤로 빼며 자리에 앉았다.

금방이라도 탈진할 것처럼 온 힘을 쏟아낸 무대.

상준은 감격에 찬 미소를 지었다.

스스로도 만족스러운 무대였으니까.

그리고.

'선배님도 만족하셨구나.'

입가에 대놓고 걸린 원형석의 미소에서 상준은 직감했다.

거짓말은 못 하는 성격.

그런 그가 생글거리며 웃고 있으니 낯설다.

"탑보이즈 친구들의 '모닝콜' 무대 아주 잘 보았습니다."

"감사합니다!"

"정말, 정말 멋진 무대였습니다. 그렇죠?"

와아아아!

방청객 쪽에서 뜨거운 호응이 튀어나온다.

원형석은 미소를 지으며 돌아앉았다.

"누가 편곡한 건가요?"

"제가 했습니다."

이미 질문을 던질 때부터 원형석의 시선은 상준에게 꽂혀 있었다.

하지만, 그가 궁금한 건 따로 있었다.

"혼자 한 거예요? 선배님들한테 도움 안 받고?"

"네, 그렇습니다."

자신감에 가득 찬 상준의 답변.

'역시.'

원형석은 고개를 끄덕이며 다시 카메라를 향해 돌아앉았다.

"이런 편곡은, 저희 뮤직스튜디오 역사상 처음 봅니다."

"와아아아!"

"어쩌다 이런 편곡을 하게 됐는지, 간단히 설명해 줄 수 있을까요?"

합창과 밴드의 조화.

멤버들의 뒤로 합창단이 등장했을 때, 원형석은 망치로 머리를 얻어맞은 기분이었다.

충분히 가능한 조화이지만 누구나 쉽게 생각할 수는 없는 무대.

그 무대의 발상이 궁금했던 탓이었다.

"이런 편곡을 하게 된 이유는."

"……."

상준은 방청석을 돌아보며 마이크를 들었다.

"모닝콜은 한 사람의 노래가 아닙니다."

원형석을 빤히 돌아보는 시선.

"모닝콜은 다섯 명의 멤버들의 색이 모두 담겼을 때, 가장 아름답게 빛을 발하는 곡입니다."

다섯의 색을 시각적으로, 그리고 청각적으로도 가장 잘 담아낼 수 있는 밴드 무대.

그 비워진 틈은 합창단의 청아한 목소리로 메꿔낸다.

'조화.'

상준이 처음에 작곡했을 때도, 그런 의미로 썼던 곡이니까.

다섯 명의 개성을 모두 담아냈기에 조화로운 노래.

그렇기에.

상준은 이 자리에 다섯이 함께 있음에 감사했다.

"탑보이즈가 어떤 그룹인지, 여러분께 그 매력을 보여 드리고 싶었습니다."

'내 제안에 대한 얘기인가.'

돌려 말하긴 했지만 분명했다.

원형석은 흐릿한 미소를 지으며 고개를 떨구었다.

불과 방금 전까지도, 그는 상준의 힘만으로 이 무대를 이끌어 냈다고 생각했다.

그런데 아니다.

'빈틈없는 무대.'

이 무대가 빈틈이 없는 이유는 정말 빈틈이 없기 때문이다.

한 멤버라도 자리를 비우면.

'어떻게 저 혼자서 모닝콜을 소화해요. 혼자서 할 수 있는 노래가 아닌데.'

상준의 말이 맞다.

'나만 잘하면 되지.'

항상 그렇게 믿어왔던 원형석이다.

그렇기에 때로는 독단적으로 후배를 몰아붙이기도 했다.

'괜찮은 놈만 살리고 편집하면 되지. 지 분량은 지가 챙겨 가는

건데.'

방송인으로서 자신의 말이 틀렸다는 건 아니다.

하지만, 지극히 냉정한 시선 때문에 무언가를 놓쳐왔던 건 아닐까.

원형석은 부끄러운 미소를 숨기며 고개를 끄덕였다.

"매력, 아주 충분히 보여준 것 같네요."

"와아아아!"

상준은 미소를 지으며 자리에서 일어났다.

"사실 저희가 준비해 온 게 하나 더 있습니다."

"오호."

"선배님이 혹시 멜로디를 주실 수 있을까요?"

"멜로디?

갑작스러운 상준의 부탁에 원형석은 놀란 눈이 되었다.

앞에 놓인 키보드를 담담하게 끌고 오는 도영.

"부탁드립니다, 선배님!"

"허어."

원형석은 멤버들의 요청을 바로 이해했다.

그가 즉흥적으로 던져주는 멜로디를 바로 악상으로 옮기겠다는 건데.

'이 정도의 실력이 있다고?'

원형석은 속으로 놀라면서도 키보드 위에 손을 얹었다.

잠깐 지켜본 바로는 할 수 없는 걸 저렇게 자신만만하게 내뱉을 성격은 아니다.

레— 솔— 레— 미.

짧게 네 개의 건반을 누른 원형석이 고개를 들었다.

이 정도 악상이면 충분하다.

상준이 씨익 웃으며 도영에게 눈짓을 보냈다.

'무슨 멜로디든 상관없어. 동일한 코드로 가면 돼. 멜로디는 내가 얹을 테니까.'

작곡에도 일가견이 있는 원형석을 사로잡기 위한 방법.

상준이 내건 회심의 카드는 바로 즉흥 작곡이었다.

'나 작곡은 잘 모르는데.'

문제는 반주를 깔 다른 멤버들이 즉흥 작곡에는 경험이 없다는 것.

작곡을 조금 배운 유찬과는 달리 제현은 고개를 갸우뚱할 뿐이었다.

그렇게 생각해 낸 꼼수.

'코드 하나만 돌려 치는 거야. 나랑 유찬이가 변주하고.'

'형은 메인 멜로디. 유찬이가 바로 받아서 변주하고?'

'그렇지.'

상준의 제안에 멤버들은 고개를 끄덕였었다.

과연, 즉흥 연주가 통할 것인지.

상준은 떨리는 마음으로 손을 얹었다.

레— 솔— 레— 미.

원형석이 처음에 제시한 리듬대로 시작하던 곡이, 곧바로 새로운 악상으로 탄생한다.

끌리는 대로. 하지만, 자연스럽게.

상준의 손가락이 키보드 위로 미끄러졌다.

'이건.'

도영이 미소를 지으며 기타로 반주를 깔았다.

피아노와는 달리 기초적인 실력의 기타 반주지만, 그것만으로도 충분하다.

C—G—Am—Em—F—C—F—G.

여덟 개의 코드를 돌려서 연주하는 방식.

'제법인데.'

코드 진행 방식을 눈치챘지만, 원형석은 탄성을 뱉어냈다.

수많은 가요들의 반주로 쓰이는 캐논 코드.

흔히들 머니 코드라고 불리는 코드 중 하나가 바로 이 캐논 코드다.

'이걸로 머리를 쓴 거야?'

도영과 제현이 까는 반주 위로 유찬이 변주를 시작한다.

감성적이면서도 톡톡 튀는 키보드의 선율.

멜로디만 바꿔가면서 연주해도 그럴싸한 곡을 만들어내는 마법의 코드.

"으음."

그 코드를 멤버들은 적극적으로 이용하고 있었다.

선우는 미소를 지으며 조금씩 그 위로 음을 더했다.

"와아."

괜히 마법의 코드가 아니다.
귀에 익숙한 반주와 상준이 이끌고 가는 매력적인 멜로디.
방청석은 이미 흥분의 도가니가 되어 있었다.
“저걸 즉흥으로 만들어낸 거야?”
“모닝콜도 애들이 작곡했다잖아.”
“저… 저거. 짜고 친 거 아니지?”
“미리 준비해 온 거 아닐까?”
즉흥이라고는 믿을 수 없는 깔끔한 연주.
짧은 몇 소절의 연주가 끝나자마자.
짝짝짝.
원형석이 탄성과 함께 박수를 쳤다.
“이건 정말 예상 못 했는데.”
“감사합니다.”
“아니, 제가 더 감사한 일이죠.”
원형석은 흐뭇한 미소를 지으며 탑보이즈 멤버들에게로 고개를 돌렸다.
카메라가 켜져 있는 상황.
이렇게 빨간 불이 들어와 있는 상황에서 속마음을 꺼내놓는 건 거의 처음이지만.
‘붙잡아야 한다.’
원형석의 눈길이 거세게 불타오르고 있었다.
곧이어 진심을 담은 한마디가 흘러나왔다.
“혹시, 저랑 곡 써볼 생각 없어요?”

*　　　　*　　　　*

“무조건 오케이지, 무조건 오케이.”

원형석의 작곡 실력은 이미 소문이 자자하다.

거기다 그의 네임까지.

화제성이면 화제성, 음악성이면 음악성.

둘 다 불러 모을 수 있는 완벽한 계획이다.

“너네는?”

“저희도 뭐……. 감사하죠.”

조승현 실장의 물음에 상준은 고개를 끄덕였다.

망설일 이유도 없었다.

엄청난 기회니까.

“이번에 너네 같이 곡 내면 말이야.”

조승현 실장은 볼펜을 돌리며 말을 이었다.

“진짜, 너네 1등 할지도 몰라, 그 곡으로. 그 선배가 노래 내서 망한 거 봤어?”

“못 봤죠.”

“1등이 코앞이다, 이거야.”

뜨거운 반응으로 돌아온 「뮤직스튜디오」 방송.

방송이 끝난 지 두 시간밖에 안 되었는데도 미동의 콘크리트를 뚫고 순위가 오르고 있는 탑보이즈다.

거기다가 원형석과 콜라보까지 더해지면.

“너네 1등 하고 싶지.”

“당연하죠. 1등 하면 실장님이 고기 사주실 거잖아요.”

"뭔데, 넌 당당하냐. 내 지갑이 네 거야?"

생글거리며 덧붙이는 도영에 타박을 던지면서도 조 실장의 기분은 좋아 보였다.

"일단 일정은 바로 다음 주로 잡을 거야."

"와."

"심지어 너네 한 번 더 출연하게 해준대. 그 노래로."

겨우 신인한테 또 한 번의 출연권까지.

보기보다 더 호탕한 인간이다.

상준은 혀를 내두르며 원형석의 파워를 실감했다.

선우가 진지한 표정으로 입을 열었다.

"그러면 어떤 스타일의 노래로 가신대요? 아무래도 선배님 스타일의 발라드……?"

"그건 만나서 결정할 것 같……."

"실장님! 실장님!"

그 순간.

다급하게 문을 열어젖히는 소리.

멤버들에게 스케줄을 안내하고 있던 조 실장은 벌떡 자리에서 일어났다.

"무슨 일이야?"

"허억… 헉."

거친 숨을 몰아쉬며 들어온 여직원.

멤버들의 시선이 그녀에게 쏠렸다.

"다름이 아니라……. 그게……."

"천천히 말해봐."

조승현 실장의 한마디에 간신히 진정한 그녀.

멤버들을 번갈아 돌아보던 그녀는 벽을 한 손으로 짚었다.

"애들 음원……."

감격에 찬 목소리로 튀어나오는 한마디.

"지금 1등이래요!"

* * *

—작곡 진짜 애들이 한 거임?

—그걸 라이브로?

ㄴ사람인가?

ㄴ애들 다 천재로만 뽑은듯…ㄷㄷ

ㄴ원형석 놀라는 표정 봤냐 ㅋㅋㅋㅋ

—노래도 좋던데

ㄴㅇㅇ 1위 할 만

ㄴ와. 오늘 음방도 1위 각?

ㄴ기대된다!!!!!

ㄴ꺄아아아아아아ㅏㅏ

—이거 지하철 라디오 그 노래 맞죠?

ㄴ기관사님이 찐 팬이라는 전설이…….

ㄴㅋㅋㅋㅋㅋㅋㅋㅋㅋㅋ

ㄴ근데 좋아서 뜬 거지

ㄴㅇㅈㅇㅈ

ㄴ홍보 효과 미쳤음

ㅡ록 버전 음원으로 내주세요 ㅠㅠㅠㅠ
ㄴ저 보고 온몸에 소름이 돋았습니다
ㄴㄹㅇ로 미쳤어여…….

난리가 난 댓글들.

대부분 이번 신곡인 모닝콜과 어제의 뮤직스튜디오 방송에 관한 얘기였다.

작곡 천재돌이라는 수식어까지 붙었으니, 더 말할 것도 없었다.

"너네, 아마 가면 좀 놀랄 거야."

"왜요?"

방송국 앞으로 미끄러지듯 주차된 차량.

송준희 매니저가 뒤를 돌아보며 말을 던졌다.

"너네 인기가 끝내주니까."

"에이. 너무 띄워주시는 거 아녜요?"

도영이 손을 내저으며 부정했다.

사실 아직은 인기가 실감되지 않는다.

불어나는 팬카페 회원 수와 음원차트 상단에 떡하니 박혀 있는 그들의 그룹명.

이미 두 가지만으로도 간접적으로 느끼고 있는 와중이었지만.

'그게 그렇게 바로 느껴지겠어?'

상준은 미소를 지으며 창밖으로 고개를 돌렸다.

그런데.

"뭐, 뭐야."

차 앞으로 우르르 달려오는 사람들.

선우는 화들짝 놀란 얼굴로 고개를 들었다.

"팬… 팬들인가?"

"자, 너네 어서 내려."

"아아악? 사람이 저렇게 많은데요?"

자칫하다간 깔려 죽지 않을까.

멤버들은 동그랗게 뜬 눈으로 차 밖을 응시했다.

상준이 너털웃음을 터뜨리며 말을 던졌다.

"에이, 뭘 그렇게 걱정해. 원래 그런 거라니까."

"인기가 생기면 그 무게를 견뎌라. 뭐 그런 거야?"

"그 말 하려는지 어떻게 알았어?"

상준의 레퍼토리라면 늘 뻔하다.

도영은 혀를 차며 문을 열어젖혔다.

"꺄아아아!"

포토 라인 밖에서 행복한 비명을 지르는 팬들.

사방에서 셔터 소리가 울려 퍼진다.

옛날 같았으면 긴장했을 상준도 제법 여유롭게 차에서 내린다.

"안녕하세요."

"와아아아!"

여유로운 미소를 지어 보이며 카메라를 정확히 향하는 시선.

카메라와 눈맞춤을 해주는 것도 일종의 팬 서비스인데.

'뭐야.'

달라진 상준의 모습을 본 유찬은 새삼 직감했다.

'저 형… 즐기고 있어.'

"오늘 무대 재밌게 봐주세요! 정말 감사합니다!"

"꺄아아아!"
"이쪽 봐주세요!"
"네에—."
"이쪽도요!"
"아이고, 그럼요."
도영은 그렇다 쳐도 저 해맑은 적응력.
적응도 또 하나의 재능이라고.
가만히 서서 손을 흔들던 선우는 생각했다.
"후아."
간신히 포토 라인을 거치고 방송국 안에 들어온 멤버들.
유찬은 거친 숨을 내쉬며 벽에 기댔다.
"사람 진짜 많았어."
"대박이다, 대박."
이제야 조금씩 인기가 실감이 난다.
상준은 떨리는 손으로 아메리카노를 홀짝이며 복도를 지나쳤다.
1분에 한 번 꼴로 선배들이 나타나는 길다란 복도.
이 방송국에서 탑보이즈보다 후배인 가수는 아무도 없다.
"안녕하세… 안녕하세요!"
"탑보이즈입니다!"
"잘 부탁드립니다!"
목이 빠져라 고개를 숙이던 그 순간.
"안녕하십니까, 선배님!"
익숙한 얼굴. 상준은 곧바로 고개를 숙여 인사를 건넸다.
"이야, 요즘 핫한 친구들이네?"

"크으, 선배님. 오랜만이십니다."

고정 예능 때문에 방송국에 들렀던 강주원.

도영의 능청스러운 말을 기분 좋게 받아치며 웃는 강주원이다.

반가운 얼굴을 이렇게 다시 만나니 좋다.

강주원은 상준을 돌아보곤 어깨를 툭툭 쳤다.

"야, 너네 이번에 1등 하겠더라."

"에이, 아니에요."

음원 순위 1등을 마침내 거머쥐었지만, 아직 음악방송 1위는 자신이 없다.

데뷔한 지 오랜 시간이 지난 것도 아니고.

상준은 피식 웃으며 고개를 저었다.

그럼에도, 강주원은 확신에 차 있는 얼굴이었다.

"야, 나도 아이돌 출신이야. 감이 있지."

"크으, 선배님. 감이 최고죠. 홍시 좋아하세요? 아니면……."

"얘는 헛소리만 안 하면 최고인데."

언제나처럼 해맑은 도영의 헛소리에, 강주원은 웃으면서 혀를 내둘렀다.

"나는 가봐야 하니까. 이참에 진짜 1등 거머쥐고 와."

"네, 감사합니다!"

우렁찬 목소리로 강주원을 배웅하고서, 멤버들은 무대에 오를 준비를 했다.

벌써 다섯 번째인 무대.

상준은 옷소매를 가다듬으며 결연한 말을 뱉었다.

"이번에도 실수하지 말자."

“파이팅! 파이팅! 파이팅!”

완벽한 무대를 선보이겠다고.

“즐기고 오자.”

다섯 번째 다짐과 함께.

멤버들은 무대 위로 올랐다.

*　　　*　　　*

‘아아, 실장님! 음원 1등 하면 고기 사주신다면서요!’

‘내가 언제?’

탑보이즈 음원이 역주행으로 콘크리트를 뚫었을 때, 조승현 실장은 입이 귀에 걸려 있었다.

그때다 싶어 도영이 내걸었던 고기 제안은 칼같이 거절당했다.

‘아니, 실장님. 고기는요…….’

매사에 진심인 도영은 심각한 표정으로 고개를 떨구었다.

그렇게 받아낸 두 번째 제안이.

‘음악방송 1위. 내가 그거 하면 바로 쏜다.’

‘와, 진짜요?’

‘진짜죠? 이번엔 말 바꾸시면 안 돼요!’

‘야, 이것들아. 내 돈이야!’

끝까지 투덜거리면서도 확답을 받아냈다.
"후후."
음악방송의 드넓은 무대.
도영은 생글거리며 그 무대 위로 섰다.
오늘 무대를 화려하게 펼친 수많은 가수들이 한데 모인 상황.
이제 대망의 순위 발표식만이 남아 있었다.
"1등……."
상준은 두 손을 모은 채 중얼거렸다.
음악방송 1위.
모든 가수라면 한 번쯤 꿈꾸게 될 순간이다.
비록 신인이라 해도 한 번쯤은 욕심내 봐도 되지 않을까.
상준은 미소를 지은 채 허공을 응시했다.
그런데.
"고기."
"1등 하면 뭐다?"
"고기다."
상준은 황당한 얼굴로 고개를 돌렸다.
고기를 거듭 중얼거리는 제현과 그걸 흐뭇하게 바라보고 있는 도영.
옆에 서 있던 선우가 혀를 차며 상준에게 속삭였다.
"아까부터 저러고 세뇌시키고 있어."
"맙소사."
다른 사람이라면 몰라도 막내의 의견이라면 곧잘 들어주는 조승현 실장이다.

워낙 제현이 요구하는 게 막대 사탕밖에 없으니 더욱 그런 모양이었다.

아무리 그래도 그렇지.

"제현아, 1등 하면 뭐라고?"

"고기."

"네가 들은 거다."

"고기."

상준은 혀를 차며 저 해맑은 듀오를 돌아보았다.

선우 역시 상준을 따라 웃다가 벌떡 고개를 들었다.

사회자의 한마디가 들려왔기 때문이었다.

"자, 드디어 기대하시던 6월 넷째 주차 순위만을 남겨두고 있는데요."

"와, 정말 너무 기대되는데요?"

공교롭게도 「뮤직중심」의 MC는 차은수.

차은수 역시 탑보이즈 못지않게 긴장된 얼굴로 카드를 들었다.

이 안에 이번 주차의 1등이 들어 있다.

"과연."

상준은 두 손을 한층 더 세게 쥔 채 고개를 숙였다.

"6월 넷째 주의 1위!"

"두구두구두구."

"탑보이즈와 드림스트릿 중, 과연… 누구일까요?"

화면 위로 두 명의 후보가 비친다.

'탑보이즈와 드림스트릿.'

반대편에서 드림스트릿의 시선이 빤히 그들을 향하고 있다.

대놓고 내색하지는 않지만 잔뜩 경계하는 눈빛.

데뷔한 지 어느덧 3년 차가 된 드림스트릿.

하지만, 음악방송에서 1위를 거머쥔 적은 한 번도 없었다.

"후우."

음원차트에서 줄곧 1, 2위를 앞다투었던 드림스트릿의 신곡.

드디어 1위를 쟁취하나 했는데.

'저런 변수가…….'

서로의 눈빛이 은근히 타오르며 교차되던 순간.

잠시 뜸을 들이던 차은수가 웃으며 대본 카드를 든다.

"자, 먼저 음원 점수!"

두르르르.

눈앞의 화면에서 숫자가 돌아간다.

"아."

탑보이즈의 음원 점수는 6,331.

상대적으로 며칠 더 상위권에 머물러 있었던 드림스트릿은 6,500.

상준은 두 눈을 질끈 감은 채, 다음 결과를 기다렸다.

"음원 디지털 점수와 시청자 점수, 방송 점수, MC 점수를 모두 합계한……."

"이번 주 1위는 누구라고요?"

차은수의 말을 받아치는 성채원.

상준은 침을 삼키며 정면의 카메라를 돌아보았다.

"제발."

카메라 앞에 서 있는 자신의 모습에서, 파노라마처럼 지난날들이 스쳐 갔다.

'너, 이따위로 할 거면. 때려쳐. 네가 아이돌을 할 실력이 있어?'
'노래도 못해, 춤도 못해. 네가 할 줄 아는 게 뭐가 있는데?'

재능이 없던 시절.
최 실장이 비아냥거리듯 내뱉었던 말들.
그럼에도 상준이 버텨냈던 이유는 하나였다.
상준은 눈을 감으며 상운의 말을 떠올렸다.

'우리, 약속하자. 무대 위에서 만나기로. 쌍 트로피 받아 오는 거야. 형도 1등, 나도 1등.'
'야, 1등이 그렇게 쉽냐?'
'어렵지. 근데 왠지 형은 할 거 같아서.'

무대 위에서 만나기로 한 약속은 이뤄지지 못했지만.
이렇게라도 동생의 남은 바람을 지켜주고 싶었다.
최선을 다했으니까.

'맘껏 노력해 봐.'
'이제 네가 원하던 재능이 따라올 테니까.'

무형의 존재가 다시 상준의 눈앞에 나타난다면.
상준은 단언할 수 있었다.
맘껏 노력했다고.

덕분에 이 자리까지 설 수 있었다고.

"네, 발표하겠습니다."

카드를 확인한 차은수가 씨익 웃어 보인다.

"이번 주 1위는……."

제발. 제발.

두 눈을 질끈 감은 채 중얼대던 상준은.

은수의 한마디에 고개를 들었다.

"탑보이즈입니다! 축하합니다!"

잠시 세상이 멍해지는 기분.

우주에 던져진 것처럼 정신이 아득해진다.

"아."

두 손을 모으고 있던 상준은 넋이 나간 얼굴로 손을 떨구었다.

"와아아아!"

"형, 1등이래! 1등!"

"탑보이즈! 탑보이즈! 탑보이즈!"

'꿈인 걸까.'

가장 앞줄에서 푸른 야광봉을 흔드는 팬들.

자신을 에워싼 채 함성을 지르는 멤버들.

'한 번도 상상해 본 적 없었던 광경.'

누구보다도 데뷔라는 꿈을 위해 열심히 달려온 상준이지만.

한 번도 이런 날이 올 거란 생각은 해본 적 없었기에.

상준은 믿을 수 없다는 표정으로 우두커니 서 있었다.

아침을 깨우는 소리 잠에서 일어나

그렇게 모닝콜의 도입부가 천장에서 흘러나오기 시작한 후에야.

"와."

"……."

"감사합니다……. 감사합니다."

정신이 든 상준은 자리에서 털썩 주저앉았다.

제2장

스타들의 레시피

취이익.

불판 위에 고기를 올려놓자마자 한바탕 난리가 난다.

"야, 도영아. 그거 원래 안 익었어."

"원래 소고기는 웰던으로 먹는 거야."

"레어겠지……."

전투적인 젓가락.

한입에 고기를 넣은 채 우물거리는 도영을 본 조 실장이 다급히 손을 내젓는다.

"애들아, 천천히 좀 먹어. 누가 뺏어 가니?"

"실장님."

도영이 진지한 표정으로 입을 열었다.

도영답지 않은 진지함.

무슨 심각한 말이라도 꺼내려나 했는데.

튀어나온 말은 기가 막힐 지경이다.

"인원이 다섯 명이고, 나올 고기는 정해져 있다는 것이 팩트입니다."

"야, 그 와중에 다섯이야? 나는? 나는?"

"아, 그건 유찬이 빼고 다섯입니다."

해맑게 덧붙이는 도영의 한마디에 유찬의 젓가락이 치고 든다.

"야, 야!"

"얘들아, 천천히 먹으라고!"

누가 보면 굶긴 줄 알겠다.

아무렇지 않게 던진 조승현 실장의 한마디에, 다섯의 눈이 동시에 그에게 닿았다.

"크흠, 천천히 먹어라."

생각해 보니 굶기진 않았지만.

'너네 야식 먹으면 안 돼. 내일 방송 스케줄 있잖아.'

'설마… 나 몰래 뭐 먹고 있는 거 아니지?'

'매니저한테 얘기 다 들었다. 너네 다음 주부터 방송…….'

한창 자라나는 애들한테 닭 가슴살이나 먹였으니.

조승현 실장은 손을 휘휘 저으며 말을 던졌다.

"계속 시켜줄 테니까. 걱정하지 말고, 맛있게 먹어."

"진짜요?"

"진짜죠? 와, 실장님. 천— 천히 먹을게요!"

그때는 몰랐다.

"얘… 얘들아?"

마음껏 먹으라는 멘트를 친 뒤 겨우 30분.

조승현 실장의 동공이 빠르게 흔들리고 있었다.

"제현아, 여기 고기 진짜 맛있다."

"어엉."

"1인분 추가요!"

"야, 쩨쩨하게 무슨 1인분이야. 3인분."

"다섯 명이니 5인분이지."

뭘까.

조승현 실장은 빠르게 쌓여가는 접시들을 보곤 차게 식었다.

까불거리면서도 열심히 고기를 쑤셔 넣는 도영과 유찬.

동생들을 챙기면서 꾸준히 먹고 있는 선우.

'막대 사탕만 먹는 줄 알았는데.'

고기도 참으로 잘 먹는 제현.

거기다가.

"으음."

고기를 먹는 것조차도 저렇게 진지할 일인가.

연습할 때처럼 묵묵히 제 몫을 다해가는 상준.

조승현 실장은 은근히 눈치를 살피며 입을 열었다.

"얘들아… 안 배불러?"

"네? 배가 왜 불러요?"

"그… 너네 내일 스케줄도 있는데. 괜히 많이 먹으면 체한……."

"맛있다."

망할.

조승현 실장은 지갑을 뒤적이며 시선을 회피했다.

'튈까.'

마음 같아서는 그러고 싶지만.

도의적인 책임감과 금전적인 현실 사이에서 괜한 갈등이 생긴다.

조승현 실장의 입에서 탄식이 튀어나왔다.

"하."

그렇게 한 시간이 더 지나서야 간신히 일어서는 멤버들.

"와, 오늘 대박이었다."

"엉. 한 판 더 먹고 싶네."

"야, 잘못하면 JS 엔터 망해."

'내… 내 카드값.'

이제 와서 후회해 봐야 소용이 없다.

'계속 시켜줄 테니까. 걱정하지 말고, 맛있게 먹어.'

왜 그런 헛소리를 했던 걸까.

조승현 실장은 경솔했던 자신을 돌이키며 속으로 눈물을 삼켰다.

하지만.

"실… 실장님, 카드가 떨려요."

"야, 조용히 해. 적당히 먹었어야지."

"……."

몸은 차마 거짓말을 하지 못했다.

* * *

"우리 이제 슬슬 토크쇼도 나가잖아."

한바탕 회식이 끝난 후 현실로 돌아온 멤버들.

음악방송 1위 이후로 가뜩이나 쏟아지던 스케줄은 빈틈이 없다.

이제는 급기야 토크쇼까지 단체로 출연할 기회를 얻었다.

"여기 정말 유명하잖아."

「금요일의 토크 박스」.

최근 토크쇼 중에서도 단연 1위를 달리고 있는 토크쇼.

선우는 긴장한 얼굴로 말문을 열었다.

"기왕 할 거면, 우리 이미지를 제대로 보여주고 와야 할 것 같은데."

"그치."

"실장님이 엄청 강조하시더라. 우리 고깃값이라고."

쿨럭.

가장 고기를 흡입해 댔던 유찬이 헛기침을 뱉었다.

상준은 피식 웃으며 고개를 저었다.

"야, 그러게 적당히들 먹지."

"형, 형이 할 말은 아냐."

누구보다 열정적으로 고기를 섭취했던 상준.

유찬이 100M 달리기라면, 상준은 마라톤이었다.

저 꾸준함, 끝끝내 마지막까지 젓가락을 놓지 않았던 집념.

그런 상준의 집념이 다행히 올바른 방향으로 돌아왔다.

"다들 할 만한 개인기 있어? 서로 봐줄까?"

"오케이."

상준의 의견에 다들 동감하는 모양새다.

사실 개인기라고 떠올렸을 땐 춤, 노래 외에는 생각해 본 적이 없었다.

'마이픽'에서도 간단한 자기소개 PR 영상을 찍긴 했지만.

'그때는 보컬로 어필했었지.'

하지만, 예능에서 살아남기 위해서는.

더욱이 토크쇼리면 코믹한 무기가 필요하다.

잠시 고민하던 상준은 멤버들을 돌아보며 물었다.

"나는. 나는 뭐 할까?"

"형은……."

도영이 턱을 쓸며 상준을 훑었다.

"흐음, 형은 말이지."

나름 한참을 고민하는 눈길.

확실히 예능적인 머리는 도영이 한 수 위다.

진심으로 기대하고 있던 상준의 희망을, 도영이 단번에 박살 내었다.

"상공지능 어때."

"……."

"안녕하세요, 상스비입니다. 띠링, 오늘의 날씨는……."

퍽.

둔탁한 소리와 동시에 외마디 비명 소리가 울려 퍼진다.

선우는 혀를 차며 자연스레 화제를 돌렸다.

"다른 개인기 생각해 둔 사람 있어?"

"아아악! 형, 아악!"

"나."

도영과 상준의 아름다운 합창 뒤로 제현이 담담하게 고개를 들었다.

뜻밖에도 개인기 앞에서 적극적인 제현.

선우는 의외라는 듯 고개를 까닥였다.

"오오, 보여줘 봐."

"뭔데? 막내가 개인기 한대?"

도영을 완벽하게 응징하고 돌아온 상준.

제현은 자신감에 가득 찬 얼굴로 고개를 끄덕였다.

"내가 사실 개인기로 여기 오디션 붙었어."

"와, 정말?"

한 번도 들어본 적이 없던 제현의 오디션 스토리.

상준은 감탄과 함께 눈을 반짝였다.

개인기로 회사에 들어올 정도면 엄청난 실력이라는 건데.

"철푸덕."

"어……?"

"철푸덕."

저게 뭔데.

'내가 입으로 이 세상 모든 소리를 다 낼 수 있어.'

거창하게 시작된 제현의 서론과는 달리, 난데없이 내뱉는 바람 빠진 소리라니.

상준은 기가 막힌다는 표정으로 멍하니 제현을 바라보았다.

"새똥이 머리 위에 떨어지는 소리였어."

"그··· 그런 걸 왜 하는데?"

"이번엔 진짜 대박이야. 들어봐."

이 와중에도 진지하니 차마 막아설 수가 없다.

선우가 흐뭇한 미소를 지어 보였다.

"아이고, 잘하네."

"형, 눈 어떻게 된 거 아니지?"

괜히 리더가 아니다.

막내의 해괴망측한 개인기 앞에서도 한없이 넓은 아량을 지니고 있는 선우.

그런 선우의 응원에 힘을 입어 제현이 개인기를 이어나간다.

"이번에는 변기 물 내리는 소리."

"……."

"쿠오오오. 구르르르."

"야, 왜 이렇게 더러운 거만 골라서 하냐."

참다못한 도영이 자리에서 몸을 일으키고.

유찬조차 혀를 차며 말을 덧붙인다.

소생 불가의 개인기.

"야, 차라리 내 까마귀가 훨씬 나았어. 까아아악."

"유찬아, 그건 아니야."

"헐. 까악?"

"다들, 제발! 닥쳐!"

평화로우면 탑보이즈가 아니라는 것을.

"까아아악?"

오늘도 증명하는 숙소의 현장이었다.

*　　　　*　　　　*

조승현 실장의 급한 부름을 받고 회사로 향한 상준.

새로 시작하는 예능에 대한 의견을 묻겠다며 부른 그지만.

지금 상준에겐 궁금한 게 따로 있었다.

"실장님, 그런데. 저 진짜 궁금한 게 있어서요."

"뭐가?"

"이제현, 걔가 자기 개인기로 여기 붙었다는데 진짜예요?"

보고도 충격적인 개인기.

그 와중에도 한없이 당당해서 더 충격적이다.

조승현 실장은 태연한 얼굴로 고개를 끄덕였다.

"어, 그거 진짠데?"

"에에? 실장님, 그런 취향이셨어요?"

참으로도 신박한 취향.

상준답지 않게 놀란 얼굴로 물어보자, 조승현 실장은 씨익 미소를 지어 보였다.

떠오른다. 제현을 처음 봤던 날.

'뭐지. 저 친구는.'

입이 떡 벌어질 정도의 신박한 개인기.

하지만, 그보다 더 시선을 사로잡는 건.

'뻔뻔해……!'

"딱 보자마자 삘이 왔거든."

"오호."

"얘, 또라이라고."

조 실장의 정확한 안목.

상준은 감탄하며 고개를 끄덕였다.

제현의 근본 없는 자신감 앞에서, 조 실장이 핵심을 꽂았다.

"개그 캐로 뽑았지, 개그 캐."

건너편 연습실에서 막대 사탕을 오물거리던 제현이 꿈틀대며 일어난다.

연습이 안 된다고 한참을 엎드려 있던 제현.

"형."

"아?"

"귀가 간지러운데."

"야, 실장님이 너 욕하나 보다."

도영의 본의 아닌 예견을 흘려들으며, 제현은 주머니에서 초콜릿 하나를 더 꺼냈다.

역시 귀가 간지러울 때는 달달한 게 최고라는 제현.

이 사실을 꿈에도 모를 조 실장은 다시 말을 돌렸다.

"아, 그게 중요한 게 아니라."

"네."

사소한 스케줄이면 송준희 매니저를 시켰을 조승현 실장이다.

이렇게 실장실까지 찾아오게 한 데에는 이유가 있을 터.

상준은 고개를 끄덕이며 그의 말을 기다렸다.

아니나 다를까.

조승현 실장은 상준을 돌아보며 말을 뱉었다.

“지난번에 말했던 거 있잖아.”

“지난번에요?”

의아한 표정으로 돌아보는 상준에, 조승현 실장이 서류 뭉치를 꺼냈다.

툭.

서류 뭉치를 건네받은 상준의 두 눈이 동그래졌다.

“헉.”

‘이야, 이 정도면 나중에 요리 예능 나가도 되겠는데?’

그냥 지나가는 말처럼 흘린 소리일 줄 알았는데.

“너네 매니저한테 전해 들었거든. 요리 그렇게 잘한다면서. 너네 데뷔 전에 잡힌 건데, 1위 하고 나니까 오라고 난리가 나서.”

“아, 네.”

「스타들의 레시피」.

서류를 넘기는 상준의 손이 빨라졌다.

데뷔도 전에 다양한 예능의 제안을 받았던 상준이지만, 서류를 훑어 내려가는 그의 두 눈이 반짝이기 시작했다.

‘이거다.’

그의 재능이 가장 돋보일 수 있는 프로그램.

상준은 고개를 들어 조승현 실장에게 물었다.

"직접 레시피를 만드는 거죠?"

"역시 조금 어렵지?"

제안이 들어온 요리 예능이 하나다 보니, 그다지 선택지가 없었다.

새로운 시도인 터라 확신도 없었고.

"네 자유야. 안 한다면 다른 프로그램 하면 되지."

조 실장은 안타까운 표정으로 서류를 받아 들었다.

"일단 너희 데뷔 직후에 촬영 들어간다고 하긴 했는데……."

드라마 인 드라마도 안정 선에서 촬영이 진행되고 있는 상태이니.

사실 예능프로를 하나 더 한다고 해서 무리가 가는 스케줄은 아니었다.

문제는 직접 요리를 개발해야 한다는 점.

'아무리 요리를 잘한다 한들, 이걸 할까.'

더욱이 데뷔 리얼리티에서 조 실장이 봤던 요리 실력은 라면 끓이기에 불과했다.

정말 제대로 된 요리를 만들어낼 때.

레시피를 보고 하는 것도 아니고 창조해 낸다라.

"아무래도 어려우면……."

"잠시만요."

상준의 조승현 실장이 펄럭이는 예능 기획서를 움켜쥐었다.

이미 마음을 굳힌 순간, 굳이 망설일 필요는 없었다.

다급한 상준의 한마디가 그의 입에서 튀어나왔다.

"저, 이거. 할래요."

*　　　*　　　*

드라마 인 드라마.

어느덧 막바지에 접어든 촬영은 원활하게 진행되고 있었다.

상준은 침대에 널브러진 채 다음 장면을 구상했다.

"이제 관문을 통과하고 데뷔하는 걸 쓰면 되는데……."

"결국 데뷔했어?"

"그러엄."

아래층 침대에서 뒹굴거리던 제현이 고개를 들었다.

수많은 오디션을 통과하고 데뷔를 목전에 둔 희성.

그 장면만 잘 풀어가면 되는 상황이다.

'셰익스피어 재능이 없으니 좀 어렵네…….'

기발한 아이디어를 떠올려 내는 건 상준의 몫이었지만 막상 글로 옮기려니 머리가 아프다.

작곡 재능을 반납하려던 상준은 머리를 싸맨 채 고개를 들었다.

"서진이를 여기서 죽이고……."

"아?"

아래층에 있던 서진이 고개를 들었다.

당황한 기색의 제현이 떨리는 목소리로 물어온다.

"형, 나 죽어?"

"어어."

"저승사잔데?"

제현의 다급한 물음에도 해맑게 고개를 끄덕이는 상준이다.

막혀 있던 실마리가 풀리는 기분.

"아."

대강 머릿속에서 생각을 정리한 상준이 펜을 든다.

텅 빈 종이 위로 빠르게 옮기는 플롯.

이제 집필은 재능에 맡기면 된다.

상준은 펜을 돌리며 말을 이었다.

"여기서 출생의 비밀이 딱……!"

"뭘 쓰는 거야, 정말."

생각을 마친 상준이 흐뭇하게 웃던 사이, 휴대폰 게임에 열중하고 있던 유찬이 일침을 날린다.

현장에서 수도 없이 상준의 무리수를 경험한 적이 있던 제현은 그러려니 했다.

'듣는 건 어이없어도.'

희한하게 그림은 잘 나왔으니까.

제현은 막대 사탕을 오물거리며 넌지시 물었다

"형……?"

"어, 왜?"

"누구와 누구의 출생의 비밀인데."

상준의 머릿속에 그려진 완벽한 그림.

더욱이 제현이 이렇게 관심까지 가져주니, 자랑을 안 할 수가 없다.

뿌듯한 상준의 목소리가 거침없이 흘러나왔다.

"너랑 나."

"허얼?"

"어때?"

상준이 구상한 컨셉은, 희성과 서진이 전생에 형제였다는 설정.

서로를 경쟁자라 생각하던 그들은 최후의 관문 앞에서 출생의 비밀을 알게 된다.

그렇게 저승의 아이돌을 목전에 두고 갈등하게 되는 희성.

결국 의리를 지키게 되는데…….

"크흡. 이 눈물겨운 설정……."

"……."

"제현아, 잘할 수 있지?"

이 장면을 완벽하게 그려내기 위해서 가장 중요한 건 제현의 연기력.

이미 스토리에 몰입한 상준이 울먹이는 동안, 제현은 넋이 나간 표정으로 상준을 돌아보고 있었다.

"나, 이 프로 하차할래."

"아니, 왜!"

"딴 건 몰라도 형 동생인 건 좀……."

진심을 담은 제현의 한마디.

"형은 막대 사탕도 못 먹게 할 것 같아."

대체 자신의 이미지가 어떻게 되어먹은 걸까.

아니라고 상준이 뒤늦게 부정해도 제현은 한결같았다.

완강하게 거부하며 조잘대는 목소리.

"내가 감당하기엔 너무 무거운 무게가… 으억!"

상준이 정말 감당하기 무거운 무게로 제현을 누르는 사이, 게임 한 판을 끝낸 유찬이 고개를 들었다.

저렇게 둘이서 헛짓거리를 하는 걸 보고 있으니 번뜩 떠오르는 게 하나 있다.

"근데, 형."

"어?"

"그거는 준비 안 해?"

드라마 인 드라마 말고 대기 중인 스케줄이 한두 개가 아니다.

그나마 게스트로 출연하는 토크쇼는 부담이 덜하지만.

'요리 그렇게 잘한다면서. 너네 데뷔 전에 잡힌 건데, 1위 하고 나니까 오라고 난리가 나서.'

상준의 의지로 결국 얻어낸「스타들의 레시피」.

「열정 가득 요리 천재」재능을 제대로 발휘할 수 있는 절호의 기회다.

상준의 눈빛이 다시 열정으로 불타오르기 시작했다.

"이럴 때가 아니지."

「열정 가득 요리 천재」를 대여한 지도 거의 2주가 지난 상황.

대여 기간이 끝나기 전에 급하게 촬영한 후 다음 촬영을 위해 재능을 반납해야 했다.

"다들 모여봐 봐."

상준은 2층 침대에서 뛰어내린 뒤 급하게 멤버들을 불러 모았다.

"꾸엑, 자는 중입니다."

"야, 도영아. 눈 뜬 거 다 봤어."

"까아악. 저는 까마귀가 되어서……."

헛소리를 늘어놓으면서도 상준의 다급한 손짓에 못 이기는 척 내려오는 멤버들이다. 유찬은 부스스해진 머리를 정돈하며 선심 쓰듯 말을 뱉었다.

"내가 특별히 한 판 끝나서 온 거야, 뭔데?"

"무슨 일이야?"

선우 역시 궁금한 눈길로 상준을 돌아본다.

상준은 진지한 표정으로 서론을 꺼냈다.

"너네 집단지성 알지?"

"집단지… 뭐? 먹는 거야?"

머리를 긁적이며 내뱉는 도영의 말은 가뿐히 무시하고, 상준은 본론으로 들어갔다.

「스타들의 레시피」.

요리하는 건 재능으로 어느 정도 커버는 되겠지만, 아이디어 자체를 재능에 맡길 수는 없는 노릇이다.

고급편이면 모를까 입문자편이다.

'그때, 라면을 끓일 때도.'

손이 마치 남의 손처럼 빠르게 움직이긴 했지만.

기본적으로 어떤 음식을 만들지, 그 틀은 스스로 잡고 가야 한다.

그런 면에선 요리에 일가견이 없는 자신보다 선우나 다른 멤버들의 의견이 나을지도 몰랐다.

"나 그 레시피 만드는 거."

"아, 그거."

"주제가……."

상준은 주섬주섬 휴대전화를 꺼내 들었다.

「스타들의 레시피」.

그 문을 열 첫 번째 주제는.

[채소].

"채소를 싫어하는 사람도 좋아할 만한 요리를 만들라는데."

채소를 싫어하는 건 상준도 매한가지였기에, 별달리 덧붙일 말이 없었다.

그도 그럴 것이…….

'맨날 샐러드만 먹어봐라.'

채소의 채 자도 떠올리기 싫다는 듯, 상준은 치를 떨었다.

그런 상준의 생각은 다른 멤버들도 동감하는 바였다.

도영은 인상을 찌푸리며 말을 뱉었다.

"채소를 싫어하는 사람이 굳이 채소를 먹어야 해?"

"내 말이."

"고기."

제현 역시 단호하게 말을 얹었다.

한동안 못 먹은 고기를 지난번에 배 터지게 먹은 이후로, 고기를 향한 제현의 집착은 거의 막대 사탕급이 되어버렸다.

도영은 잠시 고개를 갸우뚱하더니 느닷없이 다른 방향을 제시하기 시작했다.

"차라리 그건 어때?"

제법 진지한 표정.

그럴싸한 말이라도 나올 줄 알았건만.

"주제에 반발하는 거지. 형 혼자 풀코스로 고기를 굽는 거야. 신박하다고 1등 하지 않을까?"

"신박하게 프로그램에서 잘리지 않을까?"

상준의 한마디에 도영이 시무룩한 얼굴로 고개를 숙였다.

프로그램에 나간 이상, 확실한 존재감으로 1등을 거머쥐고 싶다.

그런 마음으로 임하고 있건만.

이 녀석들은 프로그램에서 잘릴 만한 신박한 방법들만 알려주고 있다.

"흐음. 그러면 형……."

날카롭긴 하지만 그나마 쓸 말들을 건져주는 유찬.

유찬이 입을 열자마자 기대에 찬 상준의 시선이 그에게 향한다.

그런데.

"일단 저녁을 형이 하면, 하다가 생각나지 않을까?"

"이야, 얘기가 또 그렇게 되네?"

"그러엄."

망할.

상준은 한숨을 내쉬며 자리에서 몸을 일으켰다.

지난번 캠핑 이후로 제대로 요리를 해준 적이 없으니.

'재능 뒀다가 뭐 해.'

상준은 곡소리를 내며 팔을 돌렸다.

연습 때문에 뻐근해진 뼈마디가 아우성을 지른다.

곧바로 주방으로 향하는 상준.

기왕 이렇게 된 김에, 제대로 만들어줄 생각으로 상준은 냄비를 꺼내 들었다.

"뭐 먹게?"

"채소 빼고."

취향 확고한 동생들.

상준은 피식 웃으며 김치부터 꺼내 왔다.

도영의 어머니가 밥반찬으로 먹으라며 두고 간 김치.

하도 바쁜 스케줄 탓에 그대로 방치해 두었으니 지금쯤이면 사실상 묵은지가 되었을 터였다.

"김치찌개 어때?"

간단하면서도 보편적으로 해 먹을 수 있는 요리다.

상준의 물음에 바닥에 드러누운 동생들이 고개를 끄덕인다.

"도와줄게. 기다려 봐."

그나마 요리를 할 줄 아는 선우가 거들고 나선다.

상준은 미소를 지으며 묵은지를 냄비 안에 잘라 넣었다.

김치찌개를 만들면서도 상준의 관심은 오로지 요리 예능에 쏠려 있었다.

'똑바로 만들어야 하는데.'

김치찌개 정도의 기초적인 요리야 눈을 감고도 손이 움직인다.

상준의 빠른 손놀림에 거듭 감탄하던 선우는, 상준을 따라 빨라진 템포로 계란말이를 준비했다.

"스타들의 레시피, 그거 말이야."

아무래도 관심사가 그쪽에 쏠려 있다 보니, 자연스레 대화 화제가 전환된다.

아까는 동생들의 헛소리에 잠자코 있던 선우가 의견을 던졌다.

"너다운 걸로 가는 게 어때?"

"그게 뭔데?"

"또라이 같은 거."

켁.

느닷없는 선우의 일침에 상준이 헛기침을 뱉었다.

뼈가 얼얼한 걸 보니 제대로 맞은 기분인데.

막상 선우는 한없이 온화한 얼굴을 하고 있었다.

'진심이구나.'

농담이 아니라 진심이라는 게 더 슬프다.

당황한 낯빛으로 두 눈을 끔뻑이는 상준에게, 선우가 진지한 얼굴로 말을 이었다.

"아리랑에 헤비메탈 섞었던 것처럼. 네 특색이 색다른 거잖아. 사람들이 생각 못 할 만한 걸로."

일리 있는 조언이다.

상준은 고개를 끄덕이며 이어지는 선우의 말을 들었다.

선우는 아이디어 뱅크처럼 쉴 새 없이 말을 뱉어냈다.

"가령 민트 초코 빙수라든지, 아니면 매실에 물을 말아 먹는다든지……."

민트 초코 빙수는 상상만 해도 끔찍하지만.

"매실에 물……?"

"야, 어디 가! 어디 가!"

공교롭게도 매실 원액도 냉장고에 박혀 있는 상태다.

상준은 빠르게 불 조절을 한 뒤, 매실 통을 꺼내 들었다.

매실 원액을 물에 적당히 탄 뒤에, 전기밥솥에 있던 뜨뜻한 밥을 한 움큼.

"오호."

처음에는 헛소리라고 생각했던 선우도 호기심 가득한 얼굴로 밥그릇을 내려다보았다.

찰랑찰랑.

짙은 노란색의 국물이 나름 자연스럽게 스며들어 간 밥.

얼핏 보면 꽤나 그럴싸한 비주얼이다.
“야, 이거 콩나물국 같은데?”
“그러게.”
“오, 생각보다 괜찮을 거 같은데.”
선우는 턱을 쓸어내리며 말을 뱉었다.
그런데.
「열정 가득 요리 천재」.
‘이건 아냐.’
상준의 재능이 본능적으로 저것을 거부하고 있다.
코끝에 올라오는 달달한 향과 콩나물국 같은 비주얼이라니.
“어서 먹어봐 봐.”
“아…….”
선우의 부추김에 떠밀려 저도 모르게 숟가락을 들게 된 상준은.
한 입을 뜨자마자 바로 후회했다.
“어억.”
“왜? 맛없어?”
“그럼 맛있겠냐.”
때마침 물 한 잔을 뜨러 왔던 유찬이 혀를 차며 말을 뱉었다.
매실 물에 밥 말아 먹는 만형 라인이라니.
정상적인 사람이라면 저 비주얼에 속아 넘어가진 않을 테지만.
“오호.”
유찬의 두 눈이 갑자기 반짝이기 시작했다.
다른 사람이면 몰라도 한 사람이라면.
유찬의 사악한 미소가 도영에게 향했다.

"내가 먹이고 올게."

"괜찮은 아이디어네, 그거."

멤버를 골탕 먹일 때만큼은 모두들 한마음이 된다.

상준은 흐뭇한 미소로 유찬의 뒤를 따랐다.

"야, 차도영."

난데없이 가짜 콩나물국을 들이미는 유찬이다.

"이게 뭔데?"

"콩나물……."

"아, 그거 내가 만들어본 건데."

대충 냄새만 맡아도 단 향이 올라온다.

유찬의 거짓말은 의미가 없을 거라고 짐작한 상준이 거침없이 입을 털었다.

"이번 프로에 한번 내볼까 해서. 김치찌개 하다가 딱 떠올랐거든."

"으음. 냄새가 이상한데? 매실 냄새……?"

"그거 죽여주던데. 한번 먹어봐."

다른 의미에서 죽여준다는 소리였지만.

상준은 무해한 미소로 도영의 손에 숟가락을 쥐여주었다.

"매실이랑 밥의 조화가 의외로 대박이더라고. 한 입 먹으면 더 달라 할걸."

"아, 그래?"

딴 사람이면 몰라도 상준의 말이라면 설득력 있다.

별다른 의심 없이 크게 한 입을 밀어 넣는 도영이다.

그 순간.

"……."

숙소를 감싸고 도는 싸늘한 공기.

"이, 이게 뭐야?"

입안 가득 느껴지는 과도한 단맛.

도영은 배신감에 치를 떨며 고개를 들었다.

한없이 해맑은 얼굴로 생글거리며 자신을 내려다보는 상준이다.

"아, 형!"

"맛있지?"

"아악! 아아악!"

뒤늦게 찾아오는 미각의 고통에 울부짖는 도영의 뒤로.

아까부터 애니메이션을 보고 있던 제현의 콧노래가 더해진다.

"도리도리, 도리도리. 감자— 도리."

"아니, 이거 진짜 맛없다니까. 야, 제현아. 너도 먹어볼래?"

"도리도리. 도리도리."

"제현이는 아까부터 왜 저렇게 시끄럽냐."

한데 섞이는 멤버들의 목소리.

도영이 볼멘소리로 말을 던졌지만.

상준의 귓가에 자꾸만 제현의 콧노래가 맴돈다.

"도리도리, 도리도리. 감자— 도리!"

"와."

찾았다, 답을.

상준은 외마디 탄성을 지르며 제현의 어깨를 흔들었다.

"감자— 도… 어억?"

"제현아, 넌 천재야!"

"내… 내가?"

제현은 영문을 모르겠다는 표정으로 상준을 올려다보았지만.
상준의 얼굴은 이미 희열에 가득 차 있었다.
저 노래를 듣는 순간.
'이미 이번 요리 경연은 끝난 거나 다름없으니까.'
곧바로 머릿속에서 떠올랐던 완벽한 레시피.
상준은 감격에 가득 찬 표정으로 떨리는 목소리를 뱉었다.
"감자."
"…어?"
"감자가 답이었어……."

* * *

그동안이 구상이었다면, 이젠 정말 실전이다.
"음음."
상준은 목소리를 가다듬으며 카메라를 높이 들었다.
「스타들의 레시피」에서 요청했던 영상을 찍기 위함이었다.
요리를 구상하는 과정도 모두 공중파를 탈 예정이니, 상준은 최대한 어색한 미소를 숨긴 채 입을 열었다.
"안녕하세요. 나상준의 셀프 카메라입니다. 제가 선택한 주제는……."
"아악! 아아악!"
조용할 리가 없는 숙소는 오늘도 난장판이다.
상준은 다급히 눈치를 주며 방문을 닫아버렸다.
그런 상준의 발걸음이 자연스레 향한 곳은 베란다.
"제가 선택한 주제가 감자라서요."

사실 감자를 선택한 상준의 결정에는 멤버들도 호평 일색이었다.

채소를 싫어하는 사람들도 그다지 부담감을 가지지 않을 법한 메뉴.

어차피 전문 요리 프로그램도 아니니 그냥 즐기고 오라던 조실장 덕에, 굳이 JS 엔터의 허락까지 받을 필요도 없었다.

"이렇게 감자를 기르고 있어요."

상준은 해맑은 표정으로 입을 열었다.

3일 전에 수경재배를 시작한 감자는 나름의 폭풍 성장을 보이고 있었다.

"허억. 이렇게 싹이 났어요."

이쯤 되면 요리 방송이 아니라 농사 방송이다.

감자를 길러서 요리를 만들어보겠다던 충격적인 마인드는, 사실 도영의 입에서 나왔다.

'형, 요즘 방송은 말이야. 정성을 보여야 해.'

'그건 또 그러네.'

확실히 차은수를 형으로 둬서인지, 방송에 대한 그림을 제법 잘 그리는 도영이다.

일리 있는 의견이라는 생각에 열심히 싹을 키우고 있지만.

'흐음. 빨리 자라야 하는데.'

잠시 고민하던 상준이 고개를 들 때였다.

똑똑똑.

문 두드리는 소리에, 상준은 카메라를 설치해 두고 현관으로 향했다.

"어, 매니저님!"

"다들 뭐 하고 있었어?"

매일 연습과 스케줄을 병행하다 보니, 숙소에서 쉬는 시간이면 대부분 잠을 자거나 게임을 하는 멤버들이다.

홀로 나와 있는 상준을 보고는 반가운 표정으로 인사하는 송준희 매니저.

그의 시선이 거실로 향했다.

"저건 뭐야?"

"감자요."

볼 때마다 쑥쑥 자라니 아주 흐뭇해 죽겠다.

상준은 감자 껍질을 손으로 쓰다듬으며 입을 열었다.

"이번에 레시피 주제가 채소라서요."

"아, 그래서 감자? 근데 그걸 왜 기르고 있어?"

"길러서 먹게요."

한없이 당당한 눈빛에, 송준희 매니저는 고개를 끄덕였다.

그것도 잠시.

"아, 그렇구……. 뭐?"

송준희 매니저는 고개를 갸우뚱하며 되물었다.

"길러서 먹는다고?"

"네에—."

"어, 매니저님 오셨네요. 저거 감자 잘 자라고 있어요."

때마침 문을 열고 나온 도영이 해맑게 덧붙였다.

진짜 모르는 것 같은데.

송준희 매니저의 동공이 빠르게 흔들리기 시작했다.

감자를 길러서 먹겠다는 환경친화적인 마인드를 꺾어버리고 싶진 않지만, 알 건 알아야 했다.

"얘, 얘들아?"

"네?"

"감자 재배해서 수확하는 데까지 세 달 넘게 걸리는 건… 알지?"

싸늘하게 내려앉는 정적.

"……."

툭.

아무 생각 없이 문을 나서던 제현의 손에 들린 베개가 떨어진다.

믿기지 않는다는 듯 넋이 나간 제현의 한마디.

"감자도리……."

제현의 동심도 동심이지만, 상준 역시 충격에 빠진 얼굴로 주저앉았다.

'감자도 재배 기간이 있지.'

당연한 상식이지만, 너무 흥분한 나머지 까먹어 버린 상준이다.

아무리 그래도 잊을 만한 게 따로 있지.

상준은 자책하며 감자를 내려다보았다.

"크흡, 미안해."

이렇게 싹도 예쁘게 자랐는데 정작 써먹을 수가 없다니.

상준은 통탄스러운 얼굴로 주저앉았다.

급격히 침울해진 분위기.

뒤늦게 튀어나온 유찬이 놀란 얼굴로 멤버들을 돌아보았다.

"무슨 일이에요?"

"감자가. 우리 감자가 성장이 너무 느려……."

상준과 도영, 제현.

이 셋이서 해맑게 꾸몄던 계획인지라, 유찬은 영문도 모르는 얼굴로 주변을 두리번댔다.

그런 유찬의 눈에 들어온 싹이 난 감자 하나.

'아, 저거 기르고 있는 거였어?'

요즘 들어 뭔가 분주하더니만.

유찬은 안타까운 표정으로 상준을 돌아보았다.

"그, 그……. 얘들아?"

침울하게 가라앉은 분위기라도 수습해야 한다.

송준희 매니저는 최대한 조심스러운 목소리로 말을 뱉었다.

"감자는, 포대로 사 오면 돼."

"아."

"아?"

큰 깨달음을 얻어버린 멤버들이었다.

* * *

상준의 해맑은 준비 영상이 티저로 나가는 바람에, 본방송 전임에도 댓글창은 이미 난리가 나 있었다.

—감자 기른 거야?

ㄴㅋㅋㅋㅋㅋㅋㅋㅋㅋㅋㅋㅋㅋㅋ

ㄴ와. 역시 정상은 아니구나, 저 친구

ㄴ감자는 키워야 제맛이지(?)

—저거 방송 컨셉 아닌가. 서얼마 몰랐을 리가

ㄴ상리랑이면 가능해요

ㄴ띠링. 상공지능에게 입력되어 있지 않은 사항입니다

ㄴ사실 나도 몰랐어…….

ㄴ이걸 모른다고?

—그냥 하고 싶은 거 다 해ㅠㅠㅠ

ㄴ아니 팬으로서 뻘짓은 말려줘야지!

ㄴ싹 났을 때 좋아하는 거 보니 진짜인 듯

ㄴ아 ㅋㅋㅋㅋㅋㅋㅋㅋㅋ

ㄴ진짜 너무 행복해 보였어…….

ㄴ제현이 감자도리……. ㅠㅠ

ㄴ동심 파괴ㅋㅋㅋ

상준은 머리를 짚다 말고 포대를 들었다.

수치스러워서 죽을 지경이지만, 지금 저런 거에 정신을 팔릴 시간은 없다.

감자를 기르느라 시간을 많이 뺏겨 버렸다.

"으헉."

묵직한 감자 포대를 내려놓자마자, 멤버들의 표정으로 경악으로 바뀐다.

도영은 인상을 찌푸리며 한 걸음 뒤로 물러섰다.

"이걸 다 먹을 수가 있어?"

실의에 빠진 멤버들을 위해서 송준희 매니저가 적극 지원해

준 덕에.

자그마치 감자 세 포대다.

막상 사러 갈 땐 좋았는데 이렇게 오니 당황스럽다.

도영은 눈을 깜빡이며 천천히 입을 열었다.

"어… 음… 그게."

"좀 많긴 하지?"

"이야, 본격적이네."

"감자 다이어트야?"

샐러드만 먹는 것도 억울해 죽겠는데, 이젠 감자샐러드를 먹게 생겼다.

떨떠름한 표정의 도영은 현실을 외면했다.

"이거 절반은 형 말대로 기르자."

"……."

"내년에 먹자."

아무리 생각해도 세 포대를 먹을 수 있는 방법은 떠오르지 않지만.

"다들 기대해 봐."

상준이 자신감 넘치는 표정으로 포대를 뜯었다.

데굴데굴.

바닥 위로 떨어지는 무수한 감자들.

감자 앞에서 당황스러울 법도 하건만, 상준은 놀랍도록 침착한 얼굴로 감자를 담았다.

"뭐가 좋을까."

감자만 내려다봐도 머릿속에서 떠오르는 레시피가 한둘이 아니다.

'일단 찌는 게 좋겠지.'

일사천리로 진행되는 작업.

"감자는 다 쪘고, 이담에 할 만한 게……."

감자를 기른다는 발상을 할 때는 언제고, 완벽에 가까운 손놀림이다.

처음에는 감자 다이어트냐며 난색을 표하던 도영조차 입을 벌린 채 다가왔다.

신기하게도 상준의 손을 거치면 맛있어 보이는 음식들.

"와아."

하얀 김이 감자 위로 올라온다.

보기만 해도 군침이 도는 비주얼.

"앗, 뜨거워."

상준은 입으로 감자를 급하게 식히고는 껍질을 까기 시작했다.

노릇한 속살이 올라오자, 상준의 입가에도 침이 고인다.

"그냥 감자만 먹어도 맛있을 것 같은데."

"나… 나!"

가만히 서 있던 도영이 적극적으로 덤벼든다.

사실 저대로 소금에만 찍어 먹어도 맛있으니.

상준은 피식 웃음을 흘리며 감자 한 알을 도영에게 건넸다.

"오. 진짜 맛있는데?"

"아, 뜨… 뜨!"

저건 멤버들끼리 알아서 나눠 먹으라고 하고, 다시 요리에 집중할 차례다.

'이 안에 뭔가 넣었으면 좋겠는데.'

"토마토를 넣는 건 어때?"

상준이 넌지시 던진 한마디에 제현이 격하게 고개를 저었다.

"토마토는 과일이야."

"채소야."

"과일이라니까?"

"채소든 과일이든 맛이 없어."

느닷없이 토마토의 정체성으로 번지는 논쟁.

투닥거리는 제현과 유찬을 뒤로하고, 상준은 생각을 바꿨다.

뭐가 됐든 간에 이 요리랑 어울릴 만한 건.

"햄이랑 베이컨?"

감자 그라탕 느낌으로 속을 채우면 되지 않을까.

구상을 마친 상준의 손이 또다시 빠르게 움직이기 시작했다.

재료는 충분하다.

"우선 감자를 보관할……."

둥근 모양의 빵.

보통 안을 파내고 수프를 담는 용도로도 많이 쓰이긴 하지만, 오히려 이걸 틀로 해서 한 번 구워주면 어떨까.

과하지 않게 으깬 감자에 햄과 베이컨, 새우까지 각종 재료를 넣어준다.

"이야, 진짜 맛있어 보이는데?"

냄새를 맡은 도영이 엄지손가락을 치켜들며 말을 던졌다.

지난번 끔찍했던 매실 밥 이후로는, 상준이 하는 요리는 대부분 근사했다.

그렇기에 어느 정도는 상준을 믿는 도영이다.

상준은 미소를 지으며 다음 준비에 들어갔다.

"거의 다 했고."

남은 건 가장 중요한 소스다.

감자 그라탕의 소스가 아니라 조금 독특한 소스는 어떨까.

'안에 베이컨도 들어가니까.'

단짠단짠.

요즘 트렌드라는 그 공식에 한번 적극적으로 편승해 보고자 한다.

상준은 반짝이는 눈빛으로 손을 놀렸다.

상준이 만들고자 하는 소스는 바로.

'고구마 맛탕 소스.'

「열정 가득 요리 천재」.

어울리지 않을 것 같은 조화지만, 상준의 직감이 말하고 있었다.

'이거다.'

취이익.

프라이팬 위에 식용유를 둘러주고.

설탕과 올리고당을 섞어서 녹여준다.

그렇게 소스를 만들고 나면.

"……."

상준은 떨리는 손으로 소스를 입에 찍어 넣었다.

"와."

입안 가득 퍼지는 황홀한 맛.

매실 밥과는 달리 알맞은 달달함이다.

상준은 흐뭇한 미소를 지으며 과감하게 소스를 빵 안에 털어 넣었다.

으깬 감자 속에 스며들어 가는 마법의 소스.

'보기만 해도 맛있는데.'

코끝에 감도는 향마저도 흠잡을 데가 없다.

촤르르.

마지막으로 모짜렐라 치즈를 으깬 감자 위로 솔솔 뿌려주고.

이제 이 상태로 에어프라이기에 돌려주기만 하면.

삐빅.

에어프라이기의 경쾌한 알림음이 울려 퍼진다.

상준은 설레는 심정으로 빵을 꺼냈다.

"완성이다."

바삭바삭한 빵의 표면.

촉촉하면서도 달달한 감자 위로 적절하게 녹아들어 간 치즈.

보기만 해도 절로 감탄이 나오는 비주얼이다.

"다 됐어."

"허얼, 대박인데?"

맛있는 냄새를 맡은 멤버들이 단체로 몰려왔다.

저마다 숟가락 하나씩을 손에 쥔 채 상준을 올려다본다.

"맛은 어떨지 모르겠지만."

상준의 재능은 분명 청신호를 보내고 있었다.

입맛이 까다로운 유찬이 먼저 숟가락을 들었다.

쭈욱 늘어나는 치즈와 달달한 소스가 뿌려진 감자를 한 숟가락에 뜬 채.

유찬은 망설임 없이 요리를 입에 밀어 넣었다.

그리고.

"와……."

"어때, 어때?"

「스타들의 레시피」에 출연하게 된 이상, 상준의 목표는 하나다.

1등을 해서 확실한 이미지를 각인시키는 것.

각종 예능을 통해 어느 정도 캐릭터를 성립하고 있는 상준이지만.

신인에게 부족함은 있어도 더함은 없다.

'기회는 잡아야 하니까.'

당당하게 1위를 차지하고 싶다.

그러한 열망만큼이나 조여오는 긴장에, 상준은 떨리는 표정으로 유찬을 바라보았다.

"와아."

거침없는 유찬의 한마디가 이어졌다.

"진짜. 우리 엄마가 해준 거보다 맛있어."

"형, 그거 이른다."

"야, 너도 먹어봐."

인스턴트식 간식에 길들여져 있던 멤버들이지만, 이건 차원이 다르다.

자극적이지 않으면서도 손이 간다.

유찬의 권유에 한 숟가락씩 입에 밀어 넣은 멤버들은 동시에 침묵에 잠겼다.

"……."

입안 가득 맴도는 익숙하면서도 새로운 맛.

살면서 이런 맛을 경험한 적이 있었던가.

도영이 떨리는 손으로 상준의 어깨에 손을 얹었다.

"형."

"어……?"

"날 믿어."

19년 인생 동안 먹었던 모든 데이터를 종합해 보았을 때.

도영은 확신할 수 있었다.

"이건, 무조건 1등이야."

* * *

'녹음 있지? 저녁에 우리 집 한번 와라. 구경시켜 줄 테니깐.'

「원형석의 뮤직스튜디오」에서 그가 내걸었던 제안.

합작으로 곡 하나를 만들자던 원형석의 말이 빈말은 아니었는지, 그는 녹음차 멤버들을 집에 초대했다.

"와아."

송준희 매니저가 내려준 저택.

한눈에 봐도 어마어마한 크기에, 상준은 탄성을 지르며 주변을 둘러보았다.

드넓은 마당을 지나 깔끔한 외관을 마주하니 절로 입이 벌어진다.

"형, 나 집이 이렇게 넓은 건 처음 봤는데."

"수영장도 있대."

"와, 놀아도 돼?"

해맑게 묻는 제현의 입을 손으로 막으며, 상준은 걸어오는 원형석을 향해 고개를 숙였다.

"안녕하세요, 선배님!"

"어, 왔어?"

자고 일어난 지 얼마 안 된 듯 후줄근해 보이는 모양새다.

원형석은 고개를 까닥이며 위층을 손으로 가리켰다.

"위에 올라가 보면 니들 오늘 쓸 녹음실 있어."

"녹음실이요?"

"와이."

수영장이 있는 것도 놀라운데, 녹음실까지 있단다.

이쯤 되면 완전히 다른 세상이 아닌가.

상준은 겨우 두 명이 간신히 들어갔었던 자신의 자취방을 떠올리며 혀를 내둘렀다.

"형."

도영의 눈빛이 열망으로 가득 타올랐다.

"나도 돈 벌 거야."

이렇게 솔직할 수가.

상준은 피식 웃으며 고개를 끄덕였다.

그런데 이어지는 말을 들으니, 제법 구체적인 계획인 모양이었다.

"1층에는 개집, 2층엔 피시방, 3층에는 영화관이야."

"이야, 무슨 백화점이냐?"

"1층이 포인트야."

터벅터벅.

계단을 오르면서도 진지한 표정으로 조잘대는 도영에, 상준이 넌지시 물음을 던졌다.

"개집이? 개 기르게?"

"형을 거기서 전세 내서… 아악!"

하여간 맞을 소리만 골라서 한다.
상준은 도영을 가볍게 응징하고는 2층에 올라섰다.
그 와중에도 도영은 야심찬 포부를 밝히고 있었지만.
"내가 그리고 2층에는 새장을 살 거야."
뒤를 돌아보며 혀를 차고 있는 유찬.
도영의 살벌한 시선이 정확히 유찬에게 꽂힌다.
"새장에 저 사악한 까마귀 자식을 가둬야지."
"뭐? 까마귀?"
"너 맨날 까악거리잖아!"
"넌 정상이냐? 이게 돼질……."
"또, 또 싸운다."
선우의 중재가 없었다면 선배 집에까지 와서 싸울 뻔했다.
맨날 저러니 새로울 것도 없지만.
상준은 평온한 표정을 유지한 채 앞장섰다.
"오호."
1층 못지않게 넓은 2층.
새하얀 벽을 지나치니 곧바로 녹음실이 나온다.
"와, 여기예요?"
집이라고 믿을 수 없을 정도로 제법 잘 갖춰진 방음장치.
그 안에 있는 고가의 장비를 보자마자 눈이 돌아간다.
작곡에도 관심이 있는 유찬의 눈은 이미 동그래져 있었다.
"그래, 한번 구경해 봐."
뒤따라 올라온 원형석이 흐뭇하게 웃으며 말을 던졌다.
처음엔 웬 녹음실이 아니라 집에서 모이나 싶었는데, 이 정도의 장비라면 집에서의 녹음도 문제없어 보인다.

"와아."

한눈에 봐도 고급인 마이크에, JS 엔터에서 봤던 녹음 장비들까지.

아까까지만 해도 별생각이 없었던 상준의 눈빛도 이내 타오르기 시작했다.

"와, 나도 부자 될 거야."

작곡에 전혀 일가견이 없을 때는 몰랐지만, 이런 걸 보니 괜히 욕심이 난다.

열정에 가득 찬 멤버들의 눈빛을 본 원형석은 씨익 웃으며 고개를 돌렸다.

"자, 부자 될 걱정은 나중에 하고. 다들 녹음 들어가자."

"네엡!"

당연히 원형석의 스타일에 맞는 발라드를 할 거라고 기대했는데.

그가 들고 온 아이디어는 뜻밖에도 전혀 다른 스타일이었다.

'너네가 잘할 만한 걸로 해.'

그렇게 상준과 협의했던 곡이 바로 「Attention」.

블루스 록을 기반으로 한 스타일로, 기존 탑보이즈의 색깔과도 크게 다르지 않은 곡이었다.

본인의 색깔을 강조하기보다, 노래를 부를 후배의 색을 고려해 주는 것.

사소한 배려일지라도 상준은 고마웠다.

"자, 시작할까?"

원형석의 싸인에 맞춰 상준이 고개를 끄덕였다.
녹음실 불이 켜지자마자 울려 퍼지는 펑키한 리듬.
상준은 자연스레 리듬을 타며 마이크 앞에 섰다.

아무도 봐주지 않아
유별나지도 특별하지도 않은 나라서
I wanna attention

'작사는 네가 해봐라.'

모닝콜 때도 다른 멤버들과 함께했기에, 이렇게 단독으로 작사를 맡은 것은 처음이었다.
그렇기에 한참을 고민했다.
과연 자신이 가장 잘 담아낼 수 있는 이야기는 무엇일까.
'그냥 쓰면 될 줄 알았는데.'
별거 아닌 것처럼 보이는 가사 하나에도 담겨 있는 스토리.
그렇게 힘들게 써 내려간 가사를, 상준은 자신 있게 뱉었다.

작은 것 하나에도 감사한걸
어느 날 내가 달라져 버렸어
신이 주신 선물일까

귀에 착착 감기는 목소리.
유심히 가사를 살피던 원형석은 놀란 눈으로 고개를 들었다.

지난번 '모닝콜'의 록 편곡 버전을 들었을 때, 록발라드에도 잘 어울리는 목소리라 생각했는데.

'이런 스타일에도 어울리는구만.'

밝고 펑키한 노래에 상준의 목소리가 자연스럽게 녹아들어 간다.

웬일이야 내가 갖고 있던 힘을 알아버린 걸까
모두들 주목하잖아
It's like a different attention

심지어 빠르게 쏟아내는 랩까지.

일반적인 래퍼들이 뱉어내는 스타일과는 다르지만.

뭐랄까.

'가창력이 받쳐주는 느낌.'

괴물 신인.

원형석의 머릿속에선 오직 그 한 단어만 떠오를 뿐이었다.

뮤직스튜디오에서 완벽한 무대를 펼쳤을 때.

자신이 던져준 스타일에 맞춰서 악상을 맞춰 왔을 때.

그 순간 이미 충분히 놀랐다고 생각했는데.

'아직도 놀랄 일이 남아 있다니.'

원형석은 기가 차다는 듯 웃음을 뱉어냈다.

능력 있는 후배와 작업하니 작업이 술술 이어진다.

"끝! 끝났습니다!"

유찬까지 모두들 파트 녹음을 마치고.

사교성이 넘쳐흐르는 도영이 생글거리며 원형석에게 말을 걸었다.

"선배님, 상준이 형 노래 엄청 잘하죠?"

악의 없는 해맑음.

원형석은 호탕한 웃음을 터뜨리며 고개를 끄덕였다.

"그래. 엄청 잘하더만."

"저도 잘하죠? 에이, 잘한다고 해주세요."

방송 때도 끼가 보인다고 생각했지만, 카메라를 끄고 보니 그때의 에너지는 빙산의 일각 수준이었다.

'원래는 더한 성격이구나.'

그래도 저렇게 다가오니 싫지는 않다.

원형석은 도영의 어깨를 두드리며 격려의 말을 뱉었다.

"그래, 너도 잘하더라."

"그런데 선배님."

도영의 목소리가 은근히 낮아졌다.

잠시 상준의 눈치를 살피던 도영의 입에서 한마디 말이 흘러나왔다.

상준이 들으면 학을 떼면서 말릴 소리긴 하지만.

"상준이 형이 요리를 그렇게 잘하거든요."

"요리?"

"해달라고 하세요, 선배님. 아주 죽여줘요."

동생으로서 형이 고통받는 모습은 아주 바람직한 현상이라며, 도영은 유찬에게 눈짓을 보냈다.

맨날 투닥거리던 둘이지만 이럴 때만큼은 쿵짝이 아주 잘 맞는다.

유찬은 엄지손가락을 치켜세우며 격하게 고개를 끄덕였다.

"맞아요. 그, 감자 그라탕? 그거 대박이에요."

"……."

녹음실 장비를 정리하고선 뒤따르던 상준.

"감자 그라탕?"

"감자 그라탕은 아닌데……."

해맑은 동생들의 수작을 확인하고는 그대로 얼어붙었다.

"뭐, 뭐가요?"

당황한 듯한 상준의 한마디.

도영은 상준의 눈길을 피하며 슬금슬금 뒤로 물러났다.

사실 원형석은 핑계고, 그 근사한 요리를 한 번 더 먹고 싶은 바람이었다.

거기다가 자랑은 덤이고.

"우리 형의 요리 실력은 온 세상이 알아야……."

생글거리며 덧붙이는 도영의 말에, 상준은 무언가 대단히 잘못되었음을 직감했다. 이제 와서 빠져나가 보려 해도 원형석의 눈엔 이미 호기심이 가득 차 있었다.

"요리, 한번 해봐. 재료는 웬만한 건 다 있는데."

집에서 자주 요리를 해 먹는 편인 원형석이다.

고로, 칼을 잡는 폼만 봐도 요리 실력이 짐작이 간다.

노래도 잘하는 이 녀석의 요리 실력이라.

한층 더 호기심이 일고 있었다.

"어서 해봐."

"하… 하하."

"진짜 잘합니다, 선배님."

"저… 저!"

간신배처럼 옆에 붙어서 말을 얹는 도영.

상준은 부들대며 도영 쪽을 쏘아보았지만, 저 녀석은 마냥 즐거운 표정이다.

"유후, 상준이 형의 감자도리를 먹을 수 있는 건가."

"형이 숙소에선 안 해줘요."

"맞아요. TV에서만 해주겠대요."

이때다 싶어 이르는 동생들.

믿고 있던 선우마저도 한마디 말을 거든다.

"아, 기대되네."

망할.

상준은 반쯤 포기한 표정으로 주방에 들어섰다.

"하."

대선배 앞에서 요리를 한다는 것은, 당연히 부담이 될 수밖에 없다.

축 처진 어깨를 보니 조금은 안쓰럽다.

열심히 말을 얹어대던 유찬은 뒤늦게 상준의 눈치를 보기 시작했다.

"그, 그래도 엄청 잘하긴 하는데."

"죽여주는 맛이지."

도영도 끄덕이며 상준을 응원했다.

"파, 파이팅!"

"너네는 숙소 가기만 해봐."

"꾸엑."

상준은 혀를 차며 자연스레 도마를 꺼냈다.

낯선 주방에 적응할 시간도 필요할 법하건만, 원형석이 알려주기도 전에 술술 재료들을 꺼내는 상준이다.

"오호."

'제법인데?'

재료들을 손질하는 모양새만 봐도 대강의 요리 실력이 짐작된다.

예상했던 것보다 한 수 위인 상준의 실력에 원형석의 눈이 점점 동그래졌다.

타다닥.

능숙하게 새우와 햄을 썰고, 감자를 으깬다.

과장을 좀 보태서 보이지 않을 정도로 빠르게 움직이는 상준의 손에, 원형석은 탄성을 뱉을 수밖에 없었다.

"아."

"형이 이번에 요리 프로그램 나가기로 했거든요."

"요리 프로그램?"

자연스럽게 끼어든 도영의 말에, 원형석은 의아한 표정으로 고개를 돌렸다.

"이번에 SBC에서 하는 건데요. 스타들의 레시피라고."

"아하."

"직접 레시피를 만드는 거래요. 저것도 형이 직접 만들……."

도영이 열심히 설명을 늘어놓는 사이에 이미 요리는 끝났다.

"후우."

대선배 앞이라 떨려서 칼도 똑바로 못 잡을 뻔했다.

상준은 떨리는 손으로 오븐에서 빵을 꺼냈다.

시범 삼아 만들었을 때처럼 바삭하게 익은 빵의 표면.

"나, 먹어봐도 되지?"

"한번 드셔보세요."

멤버들을 제외하고 다른 사람에게 요리를 해주는 건 첨이다.

상준은 침을 삼키며 원형석의 반응을 살폈다.

그리고.

"와."

"…괜찮아요?"

"야, 이거. 진짜 네가 만든 거라고?"

담담할 줄만 알았던 원형석의 격한 반응.

상준은 뿌듯한 얼굴로 고개를 끄덕였다.

입에 착착 감기는 맛.

남녀노소 누구나 좋아할 법한 친숙한 맛이라, 원형석의 입에도 맞았다.

간도 적절히 되어 있어, 단짠단짠의 조화가 완벽하게 어우러진 맛이다.

"야, 무조건 1등 할 것 같은데."

원형석은 거듭 감탄을 뱉으며 고개를 들었다.

"그래서 다른 출연자가 누구라고?"

* * *

"야, 이건 무조건 내가 1등이야."

드라마 인 드라마 촬영장.

거의 막바지에 들어선 촬영에 분주한 와중에도, 은솔은 자신감 넘치는 표정으로 말을 쏟아냈다.

"나 이래 봬도 '대정금'에 출연했던 배우야."
"아."
"그때 은솔 씨가 지나가는 시녀 1로 나왔었는데."
"하? 그때 오빠는 데뷔도 안 했잖아요."
지나가던 강주원이 덧붙이는 한마디에 은솔이 쏘아붙였다.
명실상부 최고의 톱배우.
그런 그녀가 요리마저 잘한다는 소리를 듣긴 했지만.
"내가 요리 학원도 다녔었거든."
이 정도인지는 몰랐다.
1등을 확신하던 상준의 눈꺼풀이 은근히 떨리고 있었다.
은솔은 팔짱을 낀 채 말을 이었다.
"아, 다른 출연진 누군지 알아?"
"아뇨. 저 아직 선배님만 전해 들어서."
그것도 은솔을 통해 전해 들은 상태.
티저 영상을 한 명씩 풀다 보니, 아직 전체 출연자에 대해선 들은 바가 없었다.
신인이다 보니 상대적으로 정보가 부족한 상준이다.
은솔은 고개를 까닥이며 말을 던졌다.
"너랑 동갑내기도 하나 나오던데."
"저랑요?"
"아마 너도 아는 사이일걸?"
상준이 아는 또래라, 적어도 상준의 기억 속엔 없었다.
상준이 고개를 살짝 갸우뚱해 보이자, 은솔이 피식 웃으며 말을 던졌다.

"아, 넌 모르겠다. 스쳐 가듯 만난 사이라서."

"예……?"

"걔는 너 이기려고 난리던데."

기억에도 없는 사람이 자신을 이기려고 한다니.

당황한 상준의 낯빛을 향해, 은솔이 조심스레 입을 열었다.

낮게 깔린 은솔의 목소리가 의미심장하게 흘러나왔다.

"누구냐면……"

*　　　*　　　*

은솔이 말했던 동갑내기의 정체는 촬영이 들어가자마자 알 수 있었다.

'부담스럽네.'

아까부터 줄곧 이쪽으로 꽂혀 있는 시선.

상준은 힐끗 남자를 돌아보며 기억을 더듬었다.

'6월 넷째 주의 1위!'

'탑보이즈와 드림스트릿 중, 과연… 누구일까요?'

그때, 건너편에 서 있었던 드림스트릿의 리더, 태헌.

이쪽을 향해 불타오르는 시선을 보아하니, 놓친 1등이 어지간히 한으로 남았던 모양이었다.

'그런다고 져줄 수는 없지.'

상준 역시 한층 열의를 불태우며 자리에 앉았다.

오늘 경연에 참여하는 출연자는 총 넷.

은솔과 태헌, 그리고 TV에서만 본 적 있었던 유명 개그우먼이 자리하고 있었다.

그리고 그런 그들의 건너편에 앉아 있는 건 스타 셰프들.

"오늘 이 자리에서 직접 저희가 평가를 할 건데요."

김해찬 셰프가 먼저 입을 열었다.

뛰어난 요리 실력만큼 멘트를 잘 쳐서 요리 프로그램의 진행을 줄곧 맡아온 그다.

사실 방송 경력으로 치면 상준보다도 한 수 위이니만큼 자연스러운 진행이 이어졌다.

"지금부터 한 시간 반 동안 요리를 완성해 주시면 됩니다."

넉넉하다고 보기는 애매한 시간.

삐비빅—.

카운트다운과 동시에 출연자 전원의 손놀림이 빨라진다.

원형석의 집에서 요리를 연습했을 때, 감자를 찌는 시간을 제외하고는 30분도 채 걸리지 않았다.

시간 면에서는 걱정할 게 없었기에, 상준은 여유를 갖고 재료를 준비했다.

타다닥.

도마 위에 재료를 써는 소리만이 고요하게 울려 퍼지고.

이를 보고 있던 은솔이 상준에게 말을 걸었다.

"감자 요리야?"

"선배님은요?"

"난 가지."

은솔의 뒤로 낯선 출연자가 스쳐 지나갔다.

임하경, 여러 예능프로그램에 출연하고 있는 핫한 얼굴답게, 찰진 멘트가 튀어나왔다.

"정말 가지가지 하네."

"헐. 하나도 재미없어요."

"나도 가지야."

"예?"

본의 아니게 선정된 채소가 같은 터라, 은솔의 표정이 당혹감에 물들었다. 재료가 같으면 비교가 되기 쉽다. 하경이 어떤 가지 요리를 선보일지 몰라도, 그것만큼은 이겨야 했다.

'뭐, 어린 애들이 요리를 얼마나 하겠어.'

사실 애당초 상준과 태헌에게는 관심도 없었다.

상대적으로 나이가 많고 자취 경험도 있는 하경이 강력한 라이벌이었다.

"선배님?"

"후, 시간 없다. 너도 어서 해."

급격히 조용해진 은솔에, 상준은 의아한 눈길로 그녀를 돌아보았다.

잔뜩 집중한 눈빛.

상준은 속으로 미소를 지으며 찐 감자를 꺼내었다.

'역시 경계하는구만.'

하긴 이렇게 빠른 손놀림으로 술술 재료를 준비해 가는데, 누구라도 경계할 수밖에 없다.

대단한 착각을 마친 상준은 흐뭇한 표정으로 빵을 준비했다.

사실 경계하고 있던 사람은 따로 있었지만.

"감자도 기르시던데요."

"아악!"

"……."

"갑자기 그렇게 나타나시면……. 제가 심장이 약해서."

갑자기 귓가에 속삭이니 놀랄 수밖에 없다.

상준은 두 눈을 끔뻑이며 고개를 돌렸다.

카메라 덕분에 미소를 짓고는 있지만 어딘가 불편해 보이는 얼굴.

태헌은 순진무구함을 가장한 뼈 있는 한마디를 던졌다.

"저것도 기르신 거예요?"

"아, 그게……."

일부로 저러는 게 분명했다.

자신을 돌아보는 눈빛이 결코 곱지 않았으니.

저번 일로 시비가 걸고 싶은 모양인가.

상준은 고개를 끄덕이며 대충 대답했다.

"아뇨. 저건 샀어요. 기르는 데… 시간이 너무 오래 걸려서."

"푸흡."

나름 진지하게 꺼낸 말인데, 가만히 듣고 있던 은솔이 곧바로 웃음을 터뜨린다.

상준은 머쓱한 얼굴로 머리를 긁적이며 다시 요리에 집중했다.

'딴 사람은 몰라도 나는 이기고 싶은 모양인데.'

그래서 저렇게 틱틱대는 거라면 방법은 하나밖에 없다.

과감하게 태헌을 누르고 1위를 거머쥐는 것.

「뮤직중심」에서 그랬듯이, 상준은 이번에도 그에게서 1위를 뻗어 갈 생각이었다.

"그다음엔 소스."

적당한 혼잣말과 함께 상준의 손놀림이 점점 빨라졌다.

휘이익.

프라이팬에 녹여두었던 설탕을 붓고.

그러고는 감자에 잘 스며들어 가게 소스를 넣어서 잘 섞어준다.

그 모든 걸 하는 데 걸린 시간은 단 5분.

"어?"

아까까지 상준 쪽에는 관심조차 없던 은솔도 고개를 돌렸다.

유심히 상준을 응시하고 있던 태헌도 물론이었다.

'뭐야.'

저 속도.

그리고 흠잡을 데 없는 비주얼.

그 위에 솔솔 치즈까지 뿌려주고 나니, 오븐에 넣기도 전에 군침부터 돈다.

태헌은 저도 모르게 인상을 찌푸리며 자신의 결과물을 내려다보았다.

"하아."

깔끔하게 튀기고 싶었는데 물을 머금은 듯한 버섯튀김.

푸석푸석한 비주얼을 보아하니, 맛은 대강 짐작이 간다.

'연습했는데.'

다른 이유도 아니다.

단지 저 녀석을 이기기 위해서.

'감자나 기르는 놈인 줄 알았는데.'

탑보이즈에게서 1위를 아깝게 뺏긴 이후로, 태헌은 줄곧 그 일을 마음에 담아두고 있었다.

남들이 보기에는 추잡해 보일지 몰라도 상준의 영상도 몇 개나 뒤져봤었다.

'노래 실력에, 춤까지.'

3년 차나 된 태헌이다.

신입 딱지도 어느덧 떼질 무렵, 연예계에 완벽하게 적응했다고 생각했는데. 다른 멤버들과 달리 예능 경력도 여러 번 있었던 그였기에, 나름의 자신감에 가득 차 있었다.

그런데 이 자리에서도 져버리면.

'안 되지.'

승부욕이 강한 태헌이기에 지금의 현실을 부정하고 싶었다.

"그냥 감자 그라탕 아니에요?"

그래서 괜히 시비를 걸어보았다.

요리를 마치고 잠시 쉬어가는 시간, 카메라가 꺼져 있는 걸 확인한 태헌이 싸늘하게 말을 뱉었다.

그럼에도 한없이 평온한 얼굴.

"아뇨."

상준은 고개를 저으며 차분하게 설명을 이었다.

"소스도 다르고 들어간 재료도 다릅니다."

"……."

단호한 표정으로 내뱉는 목소리.

도전이라도 하겠다는 건가.

태헌은 못마땅하다는 눈길로 상준을 올려다보았다.

'뭐, 대놓고 대들지도 못할 거면서.'

그런데.

"그건 그냥 버섯 버거 아니에요? 색색에서 먹었던……."

"뭐… 뭐?"

태헌을 향해 일침을 가하는 목소리.

상준은 담담한 표정으로 태헌을 빤히 응시했다.

이리 보고 저리 봐도 한 프랜차이즈 버거집에서 먹었던 버섯 버거와 비주얼이 흡사했다.

아니, 들어간 재료에다.

'레시피까지.'

「열정 가득 요리 천재」 덕에 음식을 훑으면 레시피가 머릿속에 떠오른다.

쓰윽 훑어본 결과 상준의 짐작은 확신으로 바뀌어갔다.

태헌의 얼굴이 붉게 달아오르고 있었으니까.

"아, 아니거든요. 다른 거예요, 이거."

보기 좋게 당황한 표정.

거기다 대고 한 번의 일침을 더해주고 싶었지만.

"자, 다시 촬영 들어갈게요."

다행히도 슬레이트가 상준을 가로막았다.

* * *

"자, 요리 무사히 마치셨는데. 누가 1등 할 거 같아요?"

김해찬의 부드러운 질문.

은솔이 바로 당당하게 손을 들었다.

"저죠."

"저입니다. 딱 봐요. 제가 요리 경력이 얼마인데요."

"전 대정금 출연했었다니까요."

"정금이로 출연 안 하신 거 다 알아요."

"허억, 너무하시네요."

은솔과 하경은 저들만의 리그에서 받아치고 있다.

문제는, 이쪽도 별반 상황이 다르지 않다는 거.

"그, 그 상준 씨랑 태헌 씨?"

"네."

"네."

카메라상으로는 분명 웃고 있는데 서로를 의식하는 듯한 분위기.

태헌은 어색한 미소를 지으며 고개를 끄덕였다.

'여긴 또 둘이 경쟁하고 있구만.'

둘 사이에 흐르는 미묘한 분위기를 감지한 김해찬이 능글맞은 질문을 던졌다.

"둘은 누가 이길 거 같아요?"

"저요."

"당연히 저죠."

한 치의 망설임도 없는 대답이다.

은근히 서로를 향하는 살벌한 눈길.

상준은 평온한 표정으로 웃으며 말을 더했다.

"사실 저는 1등 할 거예요."

"이야."

"애가 야망이 넘쳐요."

은솔이 혀를 차며 말을 던졌다.

'드라마 인 드라마'에서도 상준을 봐왔지만 보통내기가 아니다.

아까 요리할 때도 그렇고.

'잠시 긴장할 뻔했잖아.'

김해찬은 흥미로운 눈길로 상준을 돌아보고는 물음을 던졌다.

저렇게 자신감에 차 있는 사람치고 요리를 제대로 하는 사람이 몇 되지는 않지만.

"1위 하면 뭐 하겠다 하는 공약 같은 거 내걸어봐요."

"아, 1위 공약……."

마치 1위를 앞두고 있는 것처럼 진지한 표정이다.

잠시 고민하던 상준은 턱을 쓸어내리며 입을 열었다.

"제가 감자 요리를 했는데. 저희 감자도리를 주제로 한 주제곡을 하나, 작곡해 보도록 하겠습니다."

"……."

"근사하게 뽑아보겠습니다."

당당해서 더 당황스러운 공약.

켁.

물을 삼키던 다른 셰프가 헛기침을 하며 상준을 올려다보았다.

"아, 요리 이름이 감자도리예요?"

"네, 그렇습니다."

태헌은 그런 상준을 의아한 표정으로 돌아보았다.

'멍청한 게 컨셉이 아니라 진짜였나.'

저런 녀석한테 졌었다니.

갑자기 울분이 차오른다.

태헌은 보이지 않는 책상 아래로 주먹을 세게 쥐었다.

하지만, 그것도 잠시.

"자, 그러면 한번 시식해 볼게요."

태헌의 시식 평가 시간이 찾아왔다.

프랜차이즈의 버거집에서 본 듯한 비주얼.

김해찬은 인상을 찡그리며 버거를 한 입에 물었다.

"음."

눅눅한 튀김에다가, 버섯에서 고기 맛도 느껴지지 않는다.

그런 걸 노리고 만들었다면 완벽하게 실패한 요리.

게다가 전혀 창의적인 레시피도 아니다.

"이거, 레시피. 인터넷에서 보고 만들었어요?"

상준이 힐끗 봤었을 때 알아챘던 사실.

그때도 정곡을 찔린 기분이었지만, 전문가의 시선은 더욱 피할 수 없었다.

'그 프로에 나상준 나간다더라.'

'저도 나갈래요.'

'어? 너 요리는 할 줄 알고?'

'걔보단 잘할 거예요.'

요리 프로에 나온 것도 처음이었지만, 상준의 이름만 듣고선 무작정 나선 것도 사실이었다.

창백하게 질린 얼굴로 태헌은 고개를 숙였다.

"조… 조금. 응용했습니다."

"……."

더 이상 이어지지 않는 평가.

그것만으로도 사실상 평가는 충분했다.

'망했구나.'

태헌은 축 처진 어깨로 자리에 돌아왔다.

그다음으로 상준에게 차례가 돌아갔다.

이미 모여들어서 저들끼리 신이 난 목소리로 대화하는 셰프들.

"야, 이거 대박인데요?"

"색다른 맛이네."

"감자 그라탕이랑 고구마 맛탕에, 피자까지 섞인 느낌이라고 해야 하나."

"일단 맛있어. 한번 먹어봐."

다른 출연진들의 요리가 버젓이 놓여 있는데도, 셰프들의 시선은 「감자도리」를 향해 있었다.

'뭐야.'

상준을 안중에도 두지 않고 있던 하경은 놀란 눈으로 고개를 들었다.

"내 야심작 가지가지……."

고작 감자를 기르고 있는 신인한테 밀리고 있다니.

믿을 수가 없다.

하경은 현실을 부정하며 심사평을 이어 들었다.

"일단 가지 요리들도 다 먹어봤는데요. 오, 은솔 씨."

"네, 알고 있어요. 맛있는 거."

"아이고, 자신감이 넘치시네요."
가지 요리 중에선 은솔이 단연 압승이다.
적절하게 배어들어 간 간이 일품이었다고 전하는 김해찬의 말.
사실상 하경과 태헌을 제친 상태니.
은솔의 심사평을 듣는 동안 상준은 초조해졌다.
'역시 선배님이 변수야.'
잠시 의논하겠다던 셰프들.
영원 같은 침묵이 끝나고, 김해찬 셰프가 마이크를 들었다.
"네, 저희는 결정했습니다."
"……."
상준은 침을 삼키며 김해찬 셰프의 말을 기다렸다.
누가 방송인 아니랄까 봐 끄는 솜씨가 기가 막히다.
"스타들의 레시피 첫 번째 방송."
"와아아아."
"그 1등을 차지할 사람은 바로……."
은솔과 상준.
둘을 번갈아 바라보던 김해찬 셰프의 눈길이 한 사람을 향했다.
"축하드립니다, 나상준 씨."

제3장

사춘기

"이거, 카메라 켜졌어요?"
"켜진 것 같은데?"
"오오, 댓글 뜬다."
「스타들의 레시피」에서 1등을 거머쥐고 난 뒤에, 오늘은 정식 공약을 이행하는 날이다.

'저희 감자도리를 주제로 한 주제곡을 하나 작곡해 보도록 하겠습니다.'

그때 그렇게 당당하게 공약을 뱉었으니, 시청자들과의 약속은 지켜야 한다. 그런 명목으로 오랜만에 켠 유이앱.
"후우."

상준은 떨리는 심정으로 카메라에 비치는 자신의 모습을 확인했다.

"저희 잘 나오나요?"

—네에에

—완전 잘 나와요!!!

—저는 이미 이 자리에 누웠습니다.

—얘들아ㅠㅠ 이 세상을 다 가져라라랄

—ㄷㅂㄷㅂ 시작했다

읽기도 버거울 정도로 쏟아지는 댓글들.

마이픽이 끝나고 나서도 충분히 인기를 실감했었지만, 그때와는 비교도 안 되게 빠르게 댓글창이 내려간다.

—오늘 노래 불러주는 거예요?

—감자도리? 도리도리?

그중에서 댓글 하나를 찾아낸 상준은 격하게 고개를 끄덕였다.

많은 팬들이 기다리고 있으니 곧바로 본론으로 들어가는 상준이다.

"네, 오늘은 제가 스타들의 레시피 방송에서 공약으로 내걸었던 노래를 불러 드릴 건데요."

이중 일부의 영상이 다음 주 「스타들의 레시피」에도 올라갈 예정이다. 앞구르기와 같은 실수를 두 번 다신 하지 않기 위해,

상준은 심기일전한 표정으로 마이크를 잡았다.

"멤버들과 함께 준비해 봤는데요."

"와아아아!"

"기대해 주세요!"

빈 오디오를 채워주는 건 유찬과 도영의 몫.

도영 역시 따라 일어나 마이크를 잡았다.

—방송으로 봤는데 요리도 잘하더라

ㄴㅇㅈㅇㅈ

ㄴ감자를 기르는 법은 모르는데 감자 요리는 잘하더라

ㄴㅋㅋㅋㅋ

ㄴ은근히 맥이네

—근데 진짜 맛있어 보이던데

ㄴ레시피대로 만들어봤는데 존맛임ㅇㅇ

ㄴ와ㅠㅠ 요리도 잘해ㅠㅠ 우주뿌셔 지구뿌셔 이세계뿌셔

방송 직전까지 확인했던 댓글들.

그와 비슷한 부류의 댓글들이 지금도 쏟아지고 있었지만, 상준의 신념은 확고했다. 요리를 잘하는 아이돌도 좋지만, 그중에서 단연 기본이 되는 것은 춤과 노래다.

모든 걸 잘하는 만능돌, 그게 상준의 목표인 만큼.

'새로운 걸 준비했지.'

평범한 개인기는 대중들을 사로잡지 못한다.

물론 유이앱까지 찾아와서 상준을 응원해 주는 팬들은 다르겠지만.

대다수의 대중은 그렇지 않다.

'시간 날 때 잠깐 스쳐 지나가듯 보는 용도.'

볼 만한 프로그램을 찾다가 대충 넘겨 버리는 게 대중들이다.

그런 그들을 사로잡기 위해서는 특별한 게 필요했다.

「스타들의 레시피」.

댓글창의 반응은 분명 좋았지만 첫 방송부터 엄청난 화제성을 불러일으키진 못했다.

시청률은 7프로. 「드라마 인 드라마」에 비하면 약한 수준으로 시작한 방송이다. 상준은 이 방송을 인기작의 반열에 올려놓을 자신이 있었다.

"엄청난 무대거든요."

"와아아. 엄청나죠."

상준의 말에 도영이 엄지손가락을 치켜들며 덧붙였다.

탑보이즈 멤버들이 준비한 건 바로.

'아카펠라.'

다섯 명의 목소리가 어우러져 완벽한 하나의 노래를 만들어낸다.

모두가 불가능하다고 여기는 걸 수없이 이뤄낸 상준이었기에, 이번 무대에도 확신이 있었다.

'돌림노래 알지? 한 사람이 먼저 시작하면, 다른 사람이 한 템포 늦게 들어가는 거야.'

'아, 그걸 쓴다고?'

'믿어봐. 꽤 괜찮은 그림이 나올 것 같으니까.'

딴건 몰라도 노래에 대한 안목은 뛰어난 상준이다.

그런 상준을 전적으로 믿었던 멤버들은 곧바로 수긍했다.

그런데.

"도리"

"도리도리."

"도리도리도리."

웅장한 상준의 목소리 위로 진지하게 얹어지는 선우의 목소리.

한 단계씩 높아지는 음정과 함께, 맑은 제현의 보이스가 자연스레 치고 들어온다.

"감자아—."

"감자 감자아—."

"도리도리."

"도리이—."

그 뒤로 돌림노래처럼 반복되는 멜로디.

데굴데굴 굴러가는 감자처럼 유찬이 헤드스핀을 시작한다.

"와아아!"

"감자! 감자! 감자!"

비보잉을 배운 적이 있었다고는 들었지만, 이렇게 직접 보니 수준급이다. 바닥을 쓸듯 화려하게 움직이는 안무.

송준희 매니저는 넋이 나간 얼굴로 입을 벌렸다.

"……."

근데 지금 이게 중요한 게 아니다.

송준희 매니저는 두 눈을 끔뻑이며 복잡한 생각을 정리했다.

'갑자기 쟤는 왜 도는 거지?'

'저 가사는 또 뭐야……?'

느닷없이 감자를 외쳐대는 아카펠라 음색과 동시에 펼쳐지는 비보잉이라니.

안 맞아도 한참 안 맞는다.

그러거나 말거나, 열심히 불타오르는 촬영 현장.

돌림노래는 하이라이트를 향해 치닫고 있었다.

"감자아—!"

"감자아—!"

'이번에도 진짜 대박인 거 제가 물고 왔다니까요.'

호언장담을 했던 상준의 한마디.

송준희 매니저는 자꾸만 올라가는 입꼬리를 한 손으로 가렸다.

완벽한 노래의 구성과 유찬의 날렵한 퍼포먼스.

분명 근사한데.

"감자아—."

웃음이 멈추질 않는다.

"크흡."

그 와중에도 한없이 진지해 보이는 멤버들.

오묘한 표정으로 마이크를 잡은 상준의 얼굴이 화면에 띄워진다.

두 팔을 벌린 상준이 마지막 소절을 애달프게 외친다.

고구마가 되고 싶었지만 감자가 될 수밖에 없었던 서글픈 여정을, 상준은 부드러운 목소리에 담았다.

"도리……."

"도리도리……."

마지막 여운이 끝나고, 상준이 조심스레 고개를 들었을 때.

상준의 눈앞에 수많은 댓글들이 쏟아졌다.

—ㅋㅋㅋㅋㅋㅋㅋㅋㅋㅋㅋㅋㅋㅋ

—이게 뭔ㅋㅋㅋㅋ

—돌았나 봐 단체로

—ㅁㅊㄷㅁㅊㅇ

—내가 뭘 본 거지… ㅋㅋㅋㅋ

—얘들아ㅠㅠㅠㅠㅠㅠㅠ

—도리도리……. 이건 도리도리…….

'안목이 한 번도 틀린 적이 없었는데.'

털썩—.

원숭이도 나무에서 떨어지는 법이 있다는 것을 뒤늦게 깨달아 버린 상준은, 그 자리에서 주저앉아 버렸다.

*　　　*　　　*

"에이, 왜들 그래."

방송이 끝나고 초상집이 된 분위기에, 송준희 매니저가 손을 저으며 말을 뱉었다.

"쪽… 쪽팔려요."

유찬은 붉어진 귀를 손으로 만지작거리며 무릎에 고개를 파묻었다.

그럴 만도 하다. 멀쩡한 촬영장에서 혼자 헤드스핀을 돌았으니.

"괜찮아. 아주, 아주 완벽한… 크흡."

"왜 웃으세요?"

진지하게 단체로 올려다보고 있으니 도무지 웃음을 참을 수 없다.

송준희 매니저는 입을 가린 채 부자연스럽게 고개를 돌렸다.

"크흠. 여튼 실장님은 좋아하셨어. 토크쇼에서 엄청 좋아할 것 같다고."

"저희의 고통이… 그렇게 즐거우셨나요?"

도영은 배신감에 가득 찬 표정으로 자리에 앉은 채 발을 굴렀다.

유찬이 그런 도영을 돌아보며 해탈한 목소리로 말을 뱉었다.

"야, 그래도 나보단 낫잖아."

여기 바닥을 열심히 쓸고 다닌 사람도 있다.

유찬의 한마디에 숙소 안에 침묵이 감돌았다.

"이야, 맞네."

유찬이 자폭해 준 덕에 울상이던 도영의 얼굴이 순식간에 밝아졌다. 이러라고 유찬이 꺼낸 말은 아닐 테지만, 도영이 생글거리며 휴대전화를 꺼내 들었다.

"크으, 오늘은 자기 전에 유찬이의 헤드스핀 짤을 봐야겠네."

"…죽을래."

"내일 하루를 행복하게 시작할 수 있을 것 같… 아악! 놔! 내 핸드폰!"

괜히 까불다가 유찬에게 휴대전화를 뺏기는 도영이다.

새삼스럽지도 않은 광경 앞에서 혀를 차던 송준희 매니저는 의아한 표정으로 주변을 둘러보았다.

"어?"

"왜 그러세요?"

"제현이는 어딨어?"

다들 방송을 마치고 나서 숙소에 들어와 쉬고 있는데 웬일인지 제현이 보이질 않는다.

도영이 대수롭지 않다는 표정으로 말을 덧붙였다.

"아, 제현이 방에 있어요."

"방에? 왜? 나와서 같이 보지."

유이앱 방송이 끝나자마자 다른 걸 할 겨를 없이 댓글창만 쳐다보고 있었지만, 멤버 하나가 혼자 있는 건 마음이 편하지가 않다.

상준은 자리에서 벌떡 일어나 방문을 열어젖혔다.

"제현… 아?"

방바닥에 엎드린 채 무언가에 열중하고 있는 모습.

은은하게 올라오는 커피 향을 보아하니 뭘 만들고 있었던 모양인데.

제현이 휘휘 젓고 있던 걸 확인한 상준의 두 눈이 동그래졌다.

"뭐, 뭐 해?"

"달고나 커피 만든대."

고개만 슬쩍 내민 도영이 혀를 차며 말을 얹었다.

제현이 해맑은 얼굴로 입을 연다.

"삼백 번 저었어."

"……."

커피와 설탕을 넣어 젓고 또 저어서 만드는 달고나 커피.

가뜩이나 바쁜 와중에 이 쓸데없는 정성은 뭐란 말인가.

상준이 당황한 낯빛으로 내려다보는데도, 제현은 온 힘을 달고나 커피에 쏟고 있었다.

"근데 이거 왜 거품만 나지……."

"얜 또 뭐 하고 있는 거야?"

웅성웅성 대는 분위기를 뚫고 들어온 송준희 매니저가 황당한 듯 말을 뱉었다.

거기다 대고 제현이 또다시 생글거리며 자랑스럽게 말한다.

"삼백오십 번 저었어요."

"아, 그랬어?"

막내가 저토록 열정적으로 무언가를 하는 건 처음이라, 응원해 줘야 할지 말아야 할지 고민하는 표정.

한참을 생각하던 송준희 매니저가 입을 열었다.

"그런 거 유이앱에서 한번 만들어보자. 팬들이 좋아할 것 같은데."

"오, 그러네. 제현아, 영상 찍어줄까?"

"아아."

시키는 대로 열심히는 하지만, 어떻게 아이돌이 되었나 의문일 정도로 매사에 무덤덤한 제현이다.

그런 제현이 커피에 관심을 보이고 있으니, 뭐라도 도와주어야겠다 싶었는지 분주해지는 멤버들이다.

「기적의 포토그래퍼」 재능은 지금 없지만, 상준이 적극적으로 카메라를 들고 나섰다.

"제현아, 이쪽 보고 저어봐."

"엉. 잘생기게 찍어줘."

요구 사항 확실한 막내에 상준은 피식 웃음을 흘리며 카메라를 들이댔다.

카메라 앞에서도 늘 가만히 있던 녀석이 무슨 일인지 적극적이다.

"이거는 커피고요. 이건 설탕이에요."

"제현아, 이미 섞였는데?"

"암튼 그래요."

실시간 방송이 아니라 녹화용 영상이지만, 팬들과 소통하듯 제법 말까지 한다. 느닷없이 적극적이게 된 건 분명 좋은 현상이지만.

"이걸 섞었어요. 그… 그리고. 레시피가 뭐더라. 상준이 형?"

시키지 않아도 제 손으로 뭔갈 찾는 의지까지.

사람이 갑자기 변하니까 걱정이 되게 마련이다.

그런 생각을 한 건 상준뿐이 아니었는지, 가만히 제현을 지켜보던 유찬이 말을 던졌다.

"쟤, 갑자기 왜 저러지?"

"어디 아픈가……."

* * *

제현에 대한 의심은 저녁이 지나고 나서 한층 짙어졌다.

달고나 커피까지 힘들게 만든 데다가, 유이앱 방송에, 연습까지 빡센 하루였으니 이 시간이면 제현이 잘 시간이다.

그럼에도 방에서 들려오는 이상한 소리.

"구르르르. 쿠오오오."

"변기 물 내리는 소리 연습하나 본데."

"아니, 왜 저딴 걸 연습하고 있어."

내일모레면 있는 탑보이즈의 첫 번째 토크쇼 촬영.

중요한 토크쇼니 열심히 준비하는 것도 이해는 가지만.

그 대상이 제현이라면 조금은 당황스럽다.

후다다닥.

"야, 이제현. 어디 가?"

상준의 상념이 끝나기도 전에 화장실로 들어가는 제현.

곧이어 화장실에 울려 퍼지는 변기 물 내리는 소리.

문을 열고 나온 제현이 진지한 표정으로 작게 중얼거린다.

"아, 이렇게 하는 거구나. 으음."

"듣고 왔나 봐."

"아무래도 그런가 봐."

"진짜 어디 아픈가 본데."

막내의 이상한 열정 앞에서 형들은 당황스러운 낯빛으로 수군댔다.

도영이 혀를 차며 비수를 꽂았다.

"쓸데없이 더럽게 현실적이네."

많은 의미를 담고 있는 듯한 함축적인 한마디.

하지만 아무리 혀를 차봐야, 제현은 상관없다는 표정으로 다시 연습에 들어간다.

그것도 잠시.

"……."

연습이 잘되지 않았는지 축 처진 어깨로 거실에 나오는 제현이다.

"뭐 하지……."

휴대전화를 뒤적이며 예능프로에 나온 개인기를 찾아보는 제현의 모습에, 상준은 경악한 얼굴이 되었다.

늘 생글거리는 것만 봤지 저렇게 걱정에 빠져 있는 얼굴은 처음이다.

'이상해.'

분명 이상하다.

그런 상준의 생각에 공감하는지 도영이 고개를 끄덕이며 상준에게 다가왔다.

제현에겐 들리지 않을 작은 목소리로, 도영이 조심스레 속삭였다.

"형, 아무래도……."

심각한 표정으로 목소리를 까는 도영.

그 뒤로 의미심장한 말이 이어졌다.

"제현이 사춘기인 것 같아."

"사춘기?"

제현의 나이가 올해로 열일곱이다.

사실 사춘기는 보통 지났을 나이.

상준이 의아한 낯빛으로 도영에게 되물었다.

"저 나이에?"

"제현이는… 정신연령이 어리니까."

"아."

제현에겐 미안한 얘기지만, 왠지 모르게 납득해 버린 상준이었다.

* * *

그렇게 제현의 피나는 노력을 뒤로하고, 토크쇼 출연 날은 찾아왔다. 여러 번 와본 방송국이지만, 올 때마다 설레는 심장은 어찌할 수가 없다.

"자, 오늘은 아주 핫한 친구들을 초대해 보았는데요."

「금요일의 토크박스」.

여기서도 보게될 줄은 몰랐지만.

하경이 능숙한 진행으로 소개를 열었다.

"네, 제가 최근에도 한번 만난 적 있는 친구인데요. 요리도 그렇게… 잘하더라고요."

"아, 가지가지?"

"저희 가지가지가 졌죠."

"정말 가지가지 하시네요."

하경의 옆에서 능숙하게 받아치는 사람은 아나운서 정태환.

둘이 분위기를 띄워주는 덕에 무겁게 가라앉아 있던 긴장감이 어느 정도는 가신 기분이지만.

"떠오르는 신인 아이돌, 탑보이즈 나와주세요!"

그것도 잠시, 상준은 잔뜩 긴장한 기색으로 앞으로 나섰다.

「무대의 포커페이스」를 체화했기에 망정이지, 안 그랬으면 지금쯤 대놓고 덜덜 떨고 있을 게 뻔했다.

"안녕하세요, 나상준입니다!"

"저는 탑보이즈의 귀여움을 담당하고 있는 도영이라고 합니다!"

"멤버들의 표정이 썩어가는데요?"

"에이, 이 친구들도 다 인정해요."

긴장할 때는 언제고 자연스럽게 대사를 뱉어내는 도영이야 뭐, 놀랄 것도 없는데.

"탑보이즈의 막내! 상큼함과 카리스마를 맡고 있는 이제현이라고 합니다!"

"아……?"

"상큼함과 카리스마는 무슨 조화야?"

"앤 왜 이렇게 각이 져 있어."

느닷없이 파이팅이 넘치는 제현에, 굳어 있던 촬영장의 분위기도 풀어졌다. 정태환은 웃음을 터뜨리며 손을 흔들었다.

"이야, 재밌는 친구네요."

"감사합니다!"

'애가 왜 이러지.'

지난번에도 느꼈지만 뭐가 대단히 잘못되었다.

상준은 걱정스러운 눈길로 제현을 돌아보았지만, 멍한 얼굴은 그대로다. 대신 그 얼굴에 평상시에 없던 열의가 서려 있었을 뿐.

"아, 이 친구들한테 아주 물어보고 싶은 게 많아요."

"저한테 물어보십쇼. 제가 아주 잘 압니다."

오른쪽 사이드에서 두 눈을 반짝이는 사람.

정태환과 하경 옆에 앉아 있는 이는 익숙한 얼굴이었다.

'마이픽'과 '드라마 인 드라마'에서 상준을 지켜봐 왔던 강주원.

상준은 싱긋 웃는 것으로 인사를 대신했다.

"아, 강주원 씨랑 프로그램 같이했었구나."

"네, 그렇죠. 여기서 저 친구 빼곤 다 만나봤습니다."

"네, 그렇습니다!"

도영과 유찬, 상준은 마이픽에서.

제현까지 드라마 인 드라마에서 만난 사이다 보니, 선우를 제외한 나머지 멤버들과는 모두 구면이다.

선우는 고개를 끄덕이며 능청스럽게 입을 열었다.

"잘 부탁드립니다!"

"오, 그래요."

"저 친구 배우 상이네. 연기 안 해요?"

"웹드라마 한대요."

"오호."

가만있어도 쉴 새 없이 쏟아지는 오디오.

치는 멘트가 곧 분량의 기준이기 때문에, 치열한 멘트 경쟁이 이어질 수밖에 없다.

쟁쟁한 예능인들이 모인 자리라서 더 그랬다.

상준은 끼어들 타이밍을 보며 열심히 눈치를 살피고 있었다.

"아, 상준 씨."

"네……?"

힘차게 대답하려고 했는데 글러먹었다.

힘없이 튀어나온 말 한마디에 얼굴을 붉히며 상준은 고개를 끄덕였다.

정태환이 턱을 쓸며 멘트를 던졌다.

"감자도리 영상 잘 봤어요."

"아."

어쩐지 조승현 실장이 신나 있더라니.

토크쇼에 당당하게 영상을 넘겨 버린 모양이었다. 분명 방송에 나갈 때쯤엔 배경 영상으로 감자도리가 재생되고 있겠지.

'망할…….'

상준은 흔들리는 동공으로 정태환의 말을 기다렸다.

아니나 다를까. 정태환은 감자도리 에피소드로 상준을 물고 늘어질 모양이었다.

"아이디어를 누가 낸 거죠?"

"크흠. 접니다."

"오호, 개그를 노리고 그런 거죠? 아, 감자는 어떻게 된 거예요? 잘 자라고 있어요?"

"푸흡."

같은 프로그램에 출연했던 하경이 웃음을 못 참고 폭소했다.

이럴 때일수록 말려 들어가면 안 된다.

상준은 평온한 표정으로 정태환의 말을 받아쳤다.

"감자도리는 숙소에서 아주— 잘 자라고 있습니다."

"오호, 성장력이 좋네?"

"네. 한 50개 정도 자라고 있습니다."

지난번에 송준희 매니저가 감자를 세 포대나 사 오는 바람에, 한참을 먹었는데도 아직 많이 남았다.

감자를 열심히 길러보겠다는 제현의 바람을 적극 반영하여 베란다에 기르기 시작한 것이다.

"……."

별생각 없이 뱉은 말인데, 출연진들의 동공이 빠르게 흔들리고 있었다.

"오십… 오십 개?"

"네, 아주 잘 자라고 있습니다."

"푸흡."

'진짜 작정하고 나온 건가.'

무슨 숙소에서 감자 농사를 짓는 것도 아니고 50개라니.

하경은 웃음을 참지 못하고 황당한 낯빛으로 덧붙였다.

"아니, 감자 싹에 독 있는 건 알죠?"

"에?"

단체로 순진무구한 표정을 보아하니 진짜 모르는 것 같다.

그 와중에 그나마 상식이 있는 선우가 해맑은 표정으로 손을 들었다.

"아, 저는 들어본 것 같습니다!"

저리 해맑게 말하니 더 어이없다.

정태환은 기가 차다는 말투로 다급히 말을 던졌다.

"아니, 그것도 잘 모르고 기르면 어떡해."

"설마 그거 그대로 먹으려 한 건 아니지?"

"엇, 어떻게 아셨어요?"

야심차게 길러서 멋지게 자라면 먹어볼 생각이었는데. 마침 녹화장 밖에서 머리를 짚고 있는 송준희 매니저가 눈에 들어왔다.

도영은 이해가 안 된다는 표정으로 상준에게 작게 속삭였다.

"형, 안 되는 거야?"

"…안 되나 봐."

사실 상준도 잘 모른다.

대강 눈치를 살피고 앉아 있을 뿐이지.

"JS 엔터, 보시면 정확히 알려주세요."

'집에 가자마자 깡그리 버려야지.'

그렇게 무서운 걸 먹으려고 기르고 있었다니.

상준은 속으로 혀를 내둘렀지만, 제현은 달랐다.

어딘가 쓸쓸해 보이는 한마디가 제현의 입에서 튀어나왔다.

"감자도리……."

"어린 친구, 감자도리 좋아해요?"

혼자 중얼거리고 있으니 괜한 호기심이 든다.

하경은 귀엽다는 듯 웃으며 제현에게 말을 걸었다.

그리고 쓸데없이 진지한 목소리로 제현이 입을 열었다.

"감자도리는 사람을 해치지 않아요."

"……."

"아… 그래요?"

"모함하시면 안 돼요……."

표정을 보니 진심인 것 같은데.

하경은 차마 무슨 말을 꺼내야 할지 모르겠다는 낯빛으로 정태환을 돌아보았다.

'그림이 아주 잘 뽑히겠구나.'

정태환은 너털웃음을 터뜨리며 다음 주제로 화제를 돌렸다.

"그럼 감자는 잘 기르시고요, 따로 준비해 온 개인기 있어요?"

"저 있습니다!"

눈치를 보다가 손을 들려던 상준.

의외로 힘차게 외치는 제현을 보곤 놀란 눈이 되었다.

"오늘 진짜 제대로 하려나 보네."

유찬 역시 동그랗게 뜬 눈으로 멘트를 쳤다.

"원래 되게 조용한 친구예요."

"오, 이 친구 방송 욕심 있네."

정태환이 엄지손가락을 치켜들며 제현을 바라보았다.

멍하니 생겨서 조용할 줄만 알았는데 의외로 적극적이다.

'새로운 캐릭터기도 하고.'

연예계에서 제법 수요가 있는 4차원 캐릭터.

말하는 걸 보니 일부로 컨셉을 잡은 것도 아닌 것 같은데.

'저건 진짜다.'

본능적으로 직감한 정태환은 호기심 가득한 눈길로 제현을 빤히 응시했다.

제현은 침을 삼키며 없는 자신감을 끌어모았다.

"변기 물 내리는 소리를 준비해 보았습니다."

"되게 신박한 걸로 준비했네."

"제가 들었는데요. 싱크로율이 아주 대박입니다."

도영이 생글거리며 말을 얹었다.

멤버들의 시선까지 자신에게 쏠리니 부담감이 더해진다.

제현은 주먹을 꽉 움켜쥔 채 힘을 모았다.

그리고.

"구오오오오. 구르……."

"……."

"푸흡."

무언가 정성을 다해 내뱉는 듯한 개인기.

'잘할 줄 알았는데.'

정태환은 당황한 낯빛으로 두 눈을 끔뻑였다.

"그, 잘하긴 하는데. 뭐랄까. 어디서 많이 들어본 소린데."

"변기 물 내리는 소리입니다."

“몬스터 소환하는 줄 알았는데. 우리 아들이 하는 게임 효과음이랑 아주 똑같아.”

“쿨럭.”

가만히 기억을 되짚어보니 유찬이 아침에 하던 게임 효과음이랑 더 흡사하다.

상준은 헛기침을 뱉으며 제현을 위해 말을 얹었다.

“잘하는데요. 게임 효과음 성대모사로 가죠.”

“맞아요, 맞아.”

“애들끼리 단합력이 좋네.”

이때다 싶어 도영도 제현의 기를 살렸지만, 제현은 이미 시무룩해 보이는 표정이었다.

그렇게 연습했는데 예상보다 너무 허접하게 나왔다.

제현은 축 처진 어깨로 의자에 걸터앉았다.

“자자, 그러면 다른 멤버들. 또 개인기 없어요?”

“저희 둘이 한번 해보겠습니다!”

잠시 처졌던 분위기를 끌어올리기 위해 상준과 유찬이 나란히 손을 들었다.

‘까아아악!’

거듭 숙소에서 까마귀 소리를 내질렀던 유찬을 위해서, 상준이 제안한 콜라보레이션.

상준은 자신감 넘치는 얼굴로 자리를 박차고 일어섰다.

“까마귀 성대모사를 해보도록 하겠습니다.”

"오호, 까마귀."

"나름의 스토리가 있습니다."

성대모사에 스토리라니, 하경은 배를 잡으며 앞으로 고꾸라졌다.

강주원이 그런 하경을 어깨를 두드리며 너털웃음을 터뜨렸다.

"얘들 진짜 웃기다니까."

허구한 날 또라이 같은 걸 들고 오는데.

문제는 그걸 잘한다는 점이다.

"마이픽에서 유찬이가 했었거든요."

"아, 그랬어요?"

강주원은 피식 웃으며 하경에게 말을 건넸다.

유찬의 까마귀 소리는 구면이지만, 상준은 처음이다.

'또 어떤 신박한 까마귀 소리를 보여주려나.'

강주원은 기대하며 상준을 올려다보았다.

그 순간.

'시작한다.'

눈빛을 교환한 상준이 목소리를 가다듬었다.

그와 동시에 미리 리스트에 올려놨던 책 한 권이 책상 위로 툭 떨어졌다.

대여 기간이 끝난 요리 재능 대신에 상준이 대여한 재능은.

「성대모사의 달인」.

그 어떤 세상의 생물과 무생물도 놀라운 싱크로율로 따라 할 수 있다는, 책 1페이지의 설명에 홀려서 담아두었던 책이다.

이제 그 눈부신 재능을 세상에 선보일 차례다.

"까아아악."

유찬의 까마귀 소리가 먼저 시작을 연다.
마이픽 때보다 훨씬 발전된 발성.
강주원은 놀란 눈을 굴리며 감탄을 뱉었다.
"오호."
"까악까악."
어딘가 다급해 보이는 유찬의 까마귀.
"……."
휘몰아치는 까마귀 소리 앞에서 줄곧 웃고 있던 출연진들도 몰입하기 시작했다.
그 순간, 애달픈 목소리로 유찬의 대사를 이어 받는 상준.
"까악… 까악……."
'아파 보이는데?'
병든 까마귀처럼 힘이 없어 보이는 상준의 울음소리.
한층 더 서글픈 울음소리가 유찬을 향한다.
"까악……."
그 순간, 제현의 주머니에서 막대 사탕 하나를 낚아채는 유찬.
"까악까악."
구슬픈 하모니가 어우러지고, 유찬은 상준을 향해 막대 사탕을 내밀었다.
막대 사탕 하나를 까먹는 것도 버거운지 힘겨워 보이는 상준.
그러나 고맙다는 듯한 울음소리가 힘없이 울려 퍼진다.
"까악… 까악."
"까아아악."
그 장면을 말없이 지켜보던 정태환은 온몸에 소름이 돋기 시작했다. 집 앞에서 듣던 까마귀 울음소리와 놀라울 정도로 똑같은 싱크로율.

게다가.

'나름의 스토리가 있습니다.'

정말 스토리를 담고 있다.

절절한 감정이 고스란히 전해지는 성대모사.

예능에 출연하면서 수많은 성대모사를 봤지만, 이렇게 가슴을 울리는 성대모사는 처음이다.

정태환은 홀린 듯 상준과 유찬을 빤히 바라보았다.

그들의 성대모사는 점점 절정에 치닫고 있었다.

"까악……."

죽어가는 듯한 상준의 까마귀.

유찬의 까마귀 소리는 한층 더 다급하게 울려 퍼진다.

"까악까악까악."

그 순간.

정태환의 머릿속에서 하나의 사자성어가 스쳐 갔다.

아나운서 출신이다 보니 인문에 조예가 깊은 정태환이다.

설마.

'오조사정(烏鳥私情).'

까마귀가 늙어 힘을 못 쓰게 되면 자식이 늙은 부모를 공양한다는 의미가 담긴 사자성어.

"까악까악."

저 애달픈 울음소리가 이걸 의미하는 거였나.

'천재다.'

성대모사의 천재들.

정태환은 감격에 가득 찬 표정으로 상준과 유찬의 열연을 지켜보았다.

한낱 미물의 아름다운 광경은 자신을 돌아보게 한다.

"까악."

미묘한 감정이 담긴 상준의 목소리가 울려 퍼졌을 때.

"흐흑……."

정태환은 마침내 눈시울을 붉혔다.

*　　　　*　　　　*

—까마귀 돌았냐고ㅋㅋㅋㅋㅋㅋ

ㄴ왜 웃어… 난 울었단 말야

ㄴ뭔데 감동적이냐;;

ㄴ내 말이

—정태환 울었잖앜ㅋㅋㅋㅋㅋ

ㄴ심금을 울리는 까마귀였어

ㄴ저희 어머니도 우셨습니다…….

ㄴ근데 진짜 싱크로율 장난 아님

—JS 엔터는 애들 개그 시키냐

ㄴ예능돌이 아니라 개그돌인데

ㄴ그 와중에 감자 기르고 있었던 게 킬포임

ㄴ감자도리 ㅗㅜㅑ

ㄴ지금도 기르나요?

—왜 아무도 제현이 물 내리는 소리는 언급 안 해줘요?
ㄴ아무리 그래도 그건 좀…….

「금요일의 토크박스」 방영 이후로, 탑보이즈의 인지도는 전보다 훨씬 올라간 기분이었다.

"이야, 실검 실검!"

음악방송 때 잠깐 실시간검색어 순위에 든 적은 있었지만, 이렇게 오래 유지하게 된 건 처음이다.

상준은 생글거리며 댓글을 하나씩 읽어가고 있었다.

"야, 유찬아."

"엉?"

"까마귀 나이스."

"나이스지."

급기야 팬들 사이에선 '까마귀 챌린지'까지 시작하고 있었다.

SNS에 까마귀 소리를 내는 영상을 올리는 챌린지인데.

"대체 다들 왜 하는 거지……."

당사자도 이해 못 할 행동이긴 하지만, 이렇게라도 관심을 가져주니 싫을 리 없다.

유찬은 흐뭇한 미소를 지으며 도영에게 자랑 삼아 말을 뱉었다.

"야, 네가 새장에 가둔다고 아무리 무시해도 사람들은 까마귀를 좋아한다니깐."

"그건 또 무슨 헛소리야."

"꾸엑보단 낫지, 그게 뭐냐."

"너 지금 내 잠꼬대 무시해? 무시하냐고!"

어김없이 투닥대는 도영와 유찬.

그리고 언제나처럼 그 앞을 막아서는 건 리더 선우다.

그렇게 시끄러운 논쟁이 이어지던 순간.

"까아아악."

갑자기 들려오는 구슬픈 소리.

상준은 의아한 눈빛으로 도영을 돌아보았다.

"저건 또 뭔 소리냐."

"이 집에 까마귀 새끼들이 왜 이렇게 많이 살아."

해탈한 표정으로 답하는 도영.

"까아악!"

절규와도 같은 까마귀 소리가 들려오는 건, 멤버들의 방이다.

선우과 도영, 유찬이 모두 밖에 나와 있으니 안에 있는 건 제현일 터.

상준은 걱정스러운 낯빛으로 자리에서 일어났다.

"까악……."

애타게 울부짖는 소리가 점차 사그라든다.

'연습이라도 한 건가.'

토크쇼가 끝나고 줄곧 처져 있던 모양새긴 했지만, 급기야 까마귀 소리까지 내다니.

상준은 마른침을 삼키며 문고리를 잡았다.

그런데.

덜컥.

문이 열리질 않는다.

"뭐야."

"……"

"제현아? 열어봐."

문을 걸어 잠근 적은 한 번도 없었는데.

상준은 다급한 목소리로 제현을 부르며 문고리를 쥐고 흔들었다.

자리에 앉아 있던 선우 역시 걱정되었는지 상준의 뒤에 선다.

"왜 그래?"

"갑자기 문을 잠갔는데."

분명 소리가 들렸을 텐데도, 방 너머로는 침묵만이 들려온다.

똑똑똑.

상준은 문을 두드리며 제현에게 말을 던졌다.

"이제현, 장난치지 말고 열어봐."

"무슨 일 있었어?"

선우조차도 갑작스럽게 벌어진 상황 앞에서 당황한 눈치다.

워낙 말이 없는 성격이긴 했지만 대놓고 문을 걸어 잠근 적은 없던 막내다.

"괜찮아?"

착하게 생글거릴 줄만 알았지, 저런 반항도 할 줄 아는지는 몰랐다.

"야, 이제……."

문에 귀를 가져다 댄 채, 다시 한번 제현의 이름을 부르던 순간.

"……"

문 너머로 낮게 흐느끼는 울음소리가 들려온다.

잘못 들은 게 아니라면.

상준은 굳은 표정으로 조심스레 입을 열었다.

"제현아."

"……."

"너 울어?"

*　　*　　*

촬영 이후로 줄곧 늘어져 있었더니 제대로 몸을 일으킬 기운도 없다.

원래대로라면 계속 물고 있었을 막대 사탕도 전혀 당기질 않았다.

입맛이 아예 없었으니까.

"……."

제현은 울적한 표정으로 고개를 푹 숙였다.

'그, 잘하긴 하는데. 뭐랄까. 어디서 많이 들어본 소린데.'

나름 야심차게 준비한 개인기도 바로 묻혀 버리고.

열심히 저어서 올린 달고나 커피 영상도 조회수가 미미했다.

제현은 고개를 무릎에 파묻은 채로 과거의 기억을 떠올렸다.

"왜 시작했더라……."

'이야, 배우 하면 잘하겠네.'

'너, 배우 한번 해보지 않을래?'

어려서부터 주위의 권유로 엉겁결에 촬영장에 불려 다녔던 제현이다. 그렇게 아역배우가 되었지만, 별달리 존재감 있는 역할을 맡은 적도 없었다. 당연히 그만큼의 책임감을 느낀 적도 없었고.

'야, 좀 적극적으로 해봐.'

'거기서 멍하니 서 있으면 돼? 감정을 살리라니깐?'

항상 무겁게 짓눌리는 느낌.

사소한 실수에도 윽박지르고, 무시하는 감독 때문에 제현은 움츠러들 수밖에 없었다.

'촬영장의 억압적인 분위기.'

그 분위기가 싫어서 뛰쳐나왔던 제현이었다.

그래서일까. 같이 연습했던 멤버들도 모를 만큼, 제현은 자신이 아역배우 출신이란 걸 밝힌 적이 없었다.

'좋지 않은 기억이었으니까.'

그렇다고 처음부터 이 일이 하고 싶어서 들어온 것도 아니었다.

'얘는 배우보단 아이돌 하면 어울릴 것 같은데.'

제현이 겨우 열두 살이었을 무렵, 당시 배우 팀에 있던 제현을 데려온 것도 조승현 팀장이었다.

'잘하는데?'

춤과 노래도 곧잘 하는 편이었고, 평상시엔 뻗어 있는 녀석이 무대만 오르면 퍽 자연스러웠다.

안목이 있던 승현이 제현을 전폭적으로 밀어주면서, 제현은 아이돌 연습생이 되었다.

'이번엔 한번 제대로 해봐.'

'그래, 너 그쪽에 소질도 있는 것 같더만.'

또다시 주위에서 떠들어대는 소리에 떠밀리듯 연습생 생활을 이어가던 순간.

데뷔를 눈앞에 둔 상태에서 믿을 수 없는 말이 흘러나왔다.

'제현아, 네가 너무 어리니까. 내가 봤을 땐 이 팀에 어울릴 것 같진 않다. 우리 회사에서 준비하고 있는 차기 그룹이 있으니까…….'

누구보다 조심스럽게 던졌던 승현의 말을 이해 못 하는 건 아니었지만.

도영과 유찬보다도 먼저 회사에 들어왔었던 제현은 끝내 블랙빈으로 데뷔하지 못했다.

그다음에는 서재진의 사고까지 겹쳐지면서 데뷔가 기약 없이 미뤄졌고.

그렇게 우여곡절 끝에 오른 자리인데.

"모르겠어……."

제현은 이불을 머리까지 뒤집어쓴 채 작게 중얼거렸다.

떠밀리고 떠밀려서 온 자리.

그냥 묵묵히 하던 대로만 하면 된다고 믿었는데.

'나는 요리도 못하고.'

그렇다고 말을 잘하는 것도 아니다.

게다가.

'개인기도 못하고.'

상준의 까마귀 소리를 들으면서 가슴 속에서 복잡미묘한 감정들이 뒤섞였다.

잘하고 싶은 마음, 확신이 없는 마음.

그리고.

'이 일이 하고 싶어.'

남들에게 떠밀려서 한 줄만 알았는데.

그래서 그토록 회피해 왔는데, 아니었다.

"후우……."

형들과 안무 연습을 하는 것도 재밌고, 노래를 부르는 것도 즐겁다.

자신이 하는 행동 하나하나에 댓글이 달리는 걸 보는 것조차 설레었다.

한 번도 느껴본 적 없던 감정.

요 근래 들어 자신을 밀어붙이는 감정의 정체를, 제현은 이제야 알아챘다.

'욕심.'

잘해보고 싶다.

의욕 없이 따라가는 게 아니라, 정말 제대로 해보고 싶다.

그렇게 속으로 되뇌던 순간.

"야! 이제현!"

벌컥—.

"헐. 상준이 형이 문고리 부쉈다. 난 매니저님께 이르러 간다."

"야, 차도영 잡아 와!"

"제현이는 어딨어?"

휘익—.

망설임 없이 다가온 상준이 머리까지 뒤집어쓴 이불을 걷어낸다.

"……."

이불을 걷어내자마자 드러나는 얼굴.

제현은 붉어진 눈시울로 상준을 올려다보았다.

느닷없이 방문은 왜 잠갔냐고 화낼 줄 알았던 터라, 어색한 거짓말이 튀어나왔다.

"문이 고장 나서 안 열렸어……."

움츠러든 제현을 향해, 상준이 부드러운 목소리로 말을 던졌다.

예상 밖의 한마디.

"말해봐. 솔직하게."

"……."

"뭐가 그렇게 힘들었는데."

* * *

제현이 굳이 입을 열지 않아도, 상준은 짐작할 수 있었다.

그럼에도 물어본 이유는.

'직접 듣고 싶었으니까.'

"그냥… 그냥."

"어."

"나만 재능이 없는 것 같아서."

항상 아무 생각 없이 곧잘 따라만 오던 막내였는데, 저렇게 생각이 많아진 걸 보니 낯설다.

'쟤 사춘기라니깐.'

아무래도 이번엔 도영의 추측이 맞는 모양이었다.

상준은 피식 웃음을 흘리며 고개를 저었다.

"누가 그래?"

"누가 그런 건 아닌데……. 그, 그러니까."

"너 이 일 좋아해?"

갑작스럽게 훅 들어오는 한마디.

제현은 놀란 두 눈을 끔뻑였다.

과거였다면 한참을 고민했을 질문이지만, 지금은 아니다.

제현은 대답 대신 고개를 세차게 끄덕였다.

"그래?"

"어엉……."

"나도 좋아해서 하는 건데. 잘해서 하는 게 아니라."

걱정되어서 따라 들어왔는데 그럴 필요도 없다.

'알아서 잘하겠네.'

유찬은 상준에게 눈짓을 보내며 조용히 문을 닫았다.

고요해진 방 안에 상준의 담담한 목소리만이 울려 퍼졌다.

"좋아해서 버틴 거야, 나도."

"……"

"이것밖에 하고 싶은 게 없었거든."

동생과의 약속을 이루고 싶어서.

그래서 그렇게 달려왔다고 말하긴 했지만.

그 이전에.

'좋아했으니까.'

하면 마냥 즐겁고 뿌듯해지는 일이라서.

남들이 뭐라고 비난해도 전혀 놓고 싶지가 않았다.

상준은 흐릿한 미소를 지으며 제현에게 말을 건넸다.

"네가 안 믿겠지만, 형도 재능이 없을 때가 있었거든."

"안 믿어."

역시 단호하다.

제현은 혀를 차며 한마디를 덧붙였다.

"기만."

"기만 아니야, 이 자식아."

"나빴어."

"그래, 기만이라 치자."

어차피 말로 설명되는 얘기도 아니니.

게다가 정작 전하고 싶은 얘기는 따로 있었으니까.

상준은 허공을 올려다보며 미소를 지었다.

이런 진지한 얘기를 할 때는 꼭 필요한 친구가 있다.

[347번째 재능 '위대한 언변술'을 대출하시겠습니까?]

"지금부터 형이 하는 말 잘 들어."

원래대로라면 싫다고 도망갈 제현이었지만, 언변술의 효과일까.

제현은 순순히 고개를 끄덕였다.

"왜 나만 못하는 것 같지. 그렇게 초조해할 필요 없어. 아니, 차라리 그런 생각 하는 게 더 좋은 거야."

"왜?"

상준의 말이 이해 안 된다는 듯, 제현이 놀란 눈으로 물어왔다.

그에 대한 대답이라면 확실히 해줄 수 있었다.

상준은 미소를 지으며 입을 열었다.

"네가 하고 싶어졌다는 소리니까."

사실 제현은 누구보다 재능이 있는 녀석이었다.

간절히 원해도 데뷔를 못 하는 사람이 차고 넘치는 연예계에서.

그렇게 어린 나이에 이 길을 뚫고 왔으니.

하지만, 단 한 가지.

'열정.'

그게 제현의 눈엔 보이질 않았다.

어떻게든 제현이 비슷한 걸 가지게 된 건 잘된 일이다.

비록 원하는 목표 앞에서 수없이 좌절할 수는 있겠지만.

"넌 욕심 좀 부려도 돼."

"……."

"야, 나도 네 나이에 데뷔했으면. 지금쯤 그래미 어워드 가는 상상 했겠다.

"그런가."

"야, 물론이지."

제현이 피식 웃음을 흘리며 고개를 끄덕였다.

어딘가 힘이 있는 목소리.

저 목소리를 들으면 왠지 기운이 난다.

제현은 흐릿한 미소를 지으며 이불을 옆으로 밀어냈다.

'욕심.'

상준의 말을 듣는 순간, 결심했다.

욕심이란 걸 한번 제대로 부려보기로.

하고 싶으니까. 좋아해서 하는 일이니까.

"이제 좀 기운이 나나 보네."

한결 밝아진 얼굴로 일어서는 제현.

그런 제현을 본 상준이 손을 까닥였다.

"자, 그러면 형이랑 욕심을 부리러 가봅시다."

"무슨 욕심?"

"새 문고리를 장만하겠다는 욕심……?"

망할.

제현의 얼굴이 빠르게 썩어가는 것도 모른 채, 상준은 생글거리며 제현을 떠밀었다.

"자, 사고 친 거 너 때문도 있으니까. 같이, 실장님께 말하러 가자."

"아악, 싫은데."

"욕심은 함께 부리는 거야."

"…어이가 없네."

잠시 가라앉아 있었던 게 언제냐는 듯이.

"자자, 어서 갑시다!"

탑보이즈 숙소는 원래의 모습으로 돌아갔다.

*　　　　*　　　　*

"후우, 떨린다."

상준은 차가워진 손을 모은 채 나직이 내뱉었다.

오늘은 '드라마 인 드라마' 마지막 촬영 날.

'마이픽' 이후의 첫 번째 예능 출연인 만큼, 쌓인 정도 들인 노력도 많았던 프로그램이었다.

상준은 떨리는 마음을 괜히 진정시키려 제현에게 말을 걸었다.

"마지막 화가 진짜 대박이라니깐."

"출생의 비밀?"

"어어."

"…싫다."

제현은 고개를 돌리며 대본에 열중했다.

저리 싫은 내색을 해도 어젯밤 늦게까지 대본을 숙지하고 있었다는 걸 안다.

'진짜 180도로 변했네.'

어찌 되었든 기특한 일이다.

상준은 제현의 어깨를 토닥이며 자리에서 벌떡 일어났다.

저 멀리서 하운이 손을 흔들며 걸어오고 있었다.

"벌써 마지막 촬영이네요."

"그러게. 연습은 다 했어?"

"네, 이번 화엔 안 굴러서 아주 좋아요."

그래도 일우 배역이 서재진에서 하운으로 바뀐 뒤에는, 나름

구르는 파트들은 최선을 다해서 줄여놨던 상준이다.
물론 아예 없었다고 할 수는 없었지만.
"크흠."
상준은 헛기침을 뱉으며 하운의 시선을 피했다.
다행히도 완벽한 타이밍에 맞춰 강주원이 다가왔다.
"자, 자! 다들 시작할게요!"
'드라마 인 드라마' 마지막 촬영 날까지 감독 및 분위기 메이커의 노릇을 톡톡히 해주는 강주원이다.
강주원의 카리스마 있는 진행과 함께 마지막 화 촬영이 시작되었다.

일우: 내가 엄청난 사실을 알아냈거든? 이 사실을 알고도 니들이 이렇게 편하게 있을 수 있을까 싶은데.
서진: (담담한 표정으로) 그깟 사실이 뭐든 내가 알 바는 아니고.
일우: (씨익 웃으며) 너네 둘, 전생에 있었던 일은 기억이 나나?

'드라마 인 드라마' 촬영을 하면서 연기력이 는 덕분인지, 하운은 실감 나게 얄미운 연기를 펼쳤다.
하운의 충격적인 한마디 때문에 출생의 비밀을 알게 되는 서진과 희성.
"뭐… 뭐라고?"
제현은 혼란스러운 낯빛으로 머리를 움켜쥐었다.
보는 이를 숨죽이게 하는 애절한 연기.
아역배우 출신답게 원래도 기본이 되어 있던 연기력이었지만.

"오호."

"갑자기 엄청 늘었는데요?"

노력의 효과를 드러내듯 지난번 촬영과는 퍽 달라진 제현의 모습이다.

은솔은 감탄하며 강주원의 어깨를 툭 쳤다.

"오빠보다 잘하는데요?"

"너무하네."

"팩트잖아요."

강주원은 머쓱한 표정으로 머리를 긁적였다.

괜히 씬이 끝나고 돌아오는 하운에게 한탄을 늘어놓는 강주원이다.

"내가 두 번 다시 연기하나 봐라."

"선배님 잘하시는데요?"

"아, 그래?"

이제 저 녀석도 사회생활이 만렙이다.

'마이픽' 내내 주눅이 들어 있던 모습은 어디로 가고, 능청스러운 하운의 모습에 상준은 피식 웃음을 흘렸다.

"자, 다시 들어가자."

하운과 제현의 씬이 끝나고 나서는 상준의 차례다.

상준은 능숙한 표정 관리를 마치고 촬영장 중앙에 섰다.

「무대의 포커페이스」.

이 자리에만 서면 희성 그 자체가 된다.

상준은 CG 처리 될 드라마의 배경을 머릿속으로 그려냈다.

보는 이들을 몰입하게 하는 완벽한 감정 컨트롤.

"켁… 케엑."

일우의 계략으로 죽어가는 서진.

희성은 그런 서진에게 급하게 달려간다.

출생의 비밀을 알게 된 뒤, 망설이지만 않았더라면.

일우의 계략에 서진이 휘말리지는 않았을 터였다.

"조금, 조금만 기다려 봐."

그로 인한 자책감이 고스란히 담긴 표정.

희성은 고통스러운 얼굴로 다급하게 말을 뱉었다.

서진을 살려내기 위해서는 그만큼의 체력이 필요하다.

으윽.

온 힘을 쏟아내서 서진을 살려낸 희성은 앞으로 고꾸라진다.

"허억… 헉."

의식이 없는 상태인 서진.

그런 서진을 향해 기어가던 희성의 눈앞에 염라가 나타난다.

"선택을 해야 하네."

저승의 아이돌이 되기 위해서 남은 자리는 하나.

일우가 한 자리를 낚아채 가버렸으니, 마지막 경연에는 둘 중 한 사람만 참여할 수 있다.

'어떻게 해야 하는 걸까.'

이승으로 돌아가기 위한 유일한 길이기에, 차마 포기할 수 없다.

그렇다고 해서 죽어가는 형제를 놔두고 갈 수도 없는 노릇이고.

복잡미묘한 감정을 고스란히 드러내는 상준의 표정연기.

제현을 내려다보던 상준의 눈에서 투명한 눈물이 떨어진다.

"와."

그 장면을 말없이 지켜보던 은솔이 경악한 표정으로 감탄을 뱉었다.

보면 볼수록 놀랍다.

이제 적응할 때도 되었는데.

“같이 가자.”

비록 이승을 목전에 둔 상황이지만, 조금의 미련마저도 확실히 던져 버려야 한다.

상준은 씁쓸한 눈빛으로 강주원을 올려다보았다.

이미 결심한 상태지만 몸은 쉽게 따라주질 않는다.

“대왕님.”

털썩 주저앉은 그의 다리가 미세하게 떨리고 있다.

‘저런 사소한 디테일까지.’

분노와 동시에 서글픔이 섞여 들어간 눈빛.

그걸 지켜보고 있자니, 절로 눈물이 새어 나올 것 같다.

‘출생의 비밀이라더니.’

최서예 작가는 다른 의미로 놀라고 있었다.

마지막 화에서 폭탄이라도 던지나 싶었는데, 이렇게 연기로 보니 잠시나마 스쳤던 의심이 완전히 쓸려가 버렸다.

“미쳤네.”

그동안 소소하게 뿌려놓은 떡밥들을 완벽하게 정리하는 마지막 화.

그 클라이맥스를 달리게 하는 것은 단연 뛰어난 상준의 연기력.

“진짜 대박이죠.”

“역시 제가 괜히 팬이 된 게 아니에요.”

아린은 거듭 감탄하며 하운과 조잘대고 있었다.

본의 아니게 첫 예능을 연기로 시작하게 된 아린이었지만, 상준을 보면서 매번 새로운 걸 배우는 기분이었다.

"컷, 오케이!"

주변에서 쏠리고 있는 시선들을 의식하면서도 상준의 연기력은 흔들리지 않고 있었다.

「연기 천재의 명연」.

'드라마 인 드라마' 촬영을 마지막까지 이끌어준 소중한 재능이다.

하지만, 당분간은 이 재능도 떠나보내야 할 차례.

"안타깝구나. 하지만 내 너희들을 위해 선물을 준비했으니."

완벽하다고 말하기엔 미묘한 연기지만, 처음보다는 많이 발전한 강주원의 대사와 함께 희성과 서진은 저승의 한자리를 꿰차게 되며, 「저승듀스 56」은 막을 내렸다.

"컷! 오케이!"

"와아아아!"

우렁찬 컷 소리와 함께 상준은 함성을 지르며 앞으로 달려 나갔다.

"이야, 다들 회식 가자!"

"회식! 회식! 회식!"

"다들 마지막 날 연기 죽였는데?"

잔뜩 신이 난 제현을 따라 황급히 촬영장을 나서던 순간.

화아악.

"어……?"

강한 섬광이 상준의 눈앞을 가렸다.

* * *

"정말 괜찮은 거 맞아?"

"아무래도 스케줄이 너무 빡셌던 거 같아. 당분간 쉬자."

걱정스러운 눈길로 돌아보는 송준희 매니저.

숙소에 내려주고 나서도 한참동안 잔소리를 쏟아붓는 그다.

"너, 건강 챙겨야 돼. 계속 스케줄 달리니까 지치잖아."

그도 그럴 것이, 멀쩡하던 상준이 갑자기 촬영장에서 픽 쓰러져 버렸으니 놀랄 법도 했다.

"진짜 괜찮아요. 저, 들어가 볼게요."

"제현아, 상준이 형한테 무슨 일 있으면 바로 연락하고."

"넹."

괜찮다는데도 거듭 제현에게 당부를 하고서야 돌아서는 그다.

평상시라면 건강에 무슨 문제라도 생겼나, 송준희 매니저를 따라 걱정했을 상준이지만 이번엔 아니었다.

'체화?'

대강 이유를 짐작했으니까.

[3,452번째 재능 '연기 천재의 명연'을 체화하셨습니다.]

쓰러지기 전에 상준의 눈앞에 나타난 문구.

하지만, 그동안 재능을 체화하면서도 이렇게 눈앞에 새하얘졌던 적은 없었다.

'확인해 봐야해.'

"잠깐 기다려."

"어엉."

상준은 제현을 방에 돌려보내곤 곧장 드레스룸으로 향했다.

조그맣긴 하지만, 숙소에 그나마 큰 거울이 있는 곳이다.

"열악한 환경이네."

벽면을 통째로 차지한 거울도 아니고, 부착형 거울이다.

"어우, 무거워."

상준은 끙끙대며 거울을 바닥 위에 세워놓았다.

달칵—.

문을 걸어 잠근 상준은, 가방에서 남색 책 한 권을 꺼냈다.

툭.

책을 던지자마자 일렁이는 거울.

"오랜만이네."

들어가는 과정이 여간 번거로운 게 아니다 보니, 바쁜 와중에는 따로 들어가 본 적도 없던 상준이었다.

하지만.

분명 저 안에 오늘 일어난 이상한 일의 해답이 들어 있다.

상준은 거침없이 거울을 향해 발을 내디뎠다.

"와아."

펄럭펄럭.

익숙한 공기와 펄럭이는 책들.

잠시 내려놓고 있었던 동심을 충전하는 기분으로, 상준은 게시판 쪽으로 걸어갔다.

체화한 목록과 대여한 책이 적혀 있는 게시판.

신이 내린 목소리[체화]
신이 내린 가창력[체화]
유연한 댄싱 머신[체화]
무대의 포커페이스[체화]
연기 천재의 명연[체화]

체화한 재능이 어느덧 다섯 개다.
흐뭇한 미소로 게시판을 손으로 쓸어내리던 순간.
덜컹.
"어?"
굳게 닫혀 있던 자리에 새로운 문이 생겨났다.
그와 동시에, 명랑한 알림음이 울려 퍼진다.
띠리링—.

['재능 서고'의 회원 등급이 '고급' 등급으로 상승하였습니다.]

체화된 재능 수가 충족되면서 서고의 등급이 오른 모양인데.
그 밑에 나열된 설명은 상준을 놀라게 하기에 충분했다.

「고급 등급」
—대여 기간 제한 없음
—대여 가능 권수: 5권
—'고급' 등급 단계의 서책들을 대여할 수 있습니다.

"뭐?"

다른 건 다 둘째 치고, 첫 번째 줄부터 엄청난 혜택이다.

상준은 거듭 탄성을 뱉어내며 제자리에서 방방 뛰었다.

"와. 와, 진짜 대박이네."

그동안 대여 기간을 맞추느라 골머리를 썩였던 적이 한두 번이 아니다.

"그 망할 기간은 들어오지 않는 이상 체크도 안 돼가지고."

계획표라고는 쳐다도 안 보던 상준이 일일이 체크해야 했다.

그런 번거로움을 한 번에 날려 버리는 혜택이라니.

"크으, 뭐가 있나 볼까."

일반 서고만큼이나 방대한 자료들이 담겨 있는 옆 서고.

문을 열고 들어서자마자 절로 탄성이 튀어나온다.

뭐부터 대여해야 할지 모르겠을 정도로 수많은 책들이지만.

휘익—.

"어억, 잡았다!"

날아다니는 책 하나를 낚아채 본 결과, 상준은 이 서고의 용도를 알아냈다.

그동안 상준이 봤던 책들이 「입문자편」이라면, 이쪽에는 「고급편」도 간간이 섞여 있었다.

게다가 일반 서고에는 없었던 특이한 재능들까지.

"이것도 담고, 저것도 담고."

상준은 장바구니를 담는 쇼핑러처럼 신나게 재능들을 쓸어 담았다.

"리스트에 올려놓으면 나중에 쓰겠지."

리스트에도 15개밖에 올려놓을 수가 없다 보니, 꼭 필요한 재능들만 쓸어 담았다.

"이만하면 되었겠지."

당분간 쓸 만한 모든 재능들은 거의 담아둔 상태다.

"흐음, 이제 돌아가 볼까."

너무 오랫동안 자리를 비워도 이상하게 생각할 테니.

상준은 기지개를 켜며 거울 밖으로 걸음을 내디뎠다.

위이잉―.

시끄러운 소리를 내며 일렁이는 거울을 통과한 순간.

"……."

상준의 눈앞에 들어온 익숙한 얼굴.

"어… 어?"

분명 문을 걸어 잠그고 들어왔는데.

유찬이 의아한 표정으로 상준을 빤히 바라보고 있다.

'봤, 봤을까.'

당연히 봤겠지.

적당히 대놓고도 아니고, 아예 대놓고 나와 버렸으니까.

'망했다.'

상준의 동공이 빠르게 흔들리던 순간.

"형, 거기서 뭐 해?"

유찬이 먼저 선수를 쳤다.

제4장

선의의 라이벌

무슨 말부터 꺼내야 할까.

상준의 동공이 빠르게 흔들렸다.

유찬의 표정을 보니 상당히 놀란 듯한데.

"내… 내가 이상해 보여?"

이 질문은 영 아니었던 것 같지만, 상준은 더듬거리며 말을 뱉었다.

한 치의 망설임도 없는 유찬의 대답이 돌아왔다.

"어, 되게 이상해 보이는데."

아직 한 다리는 거울 안에 있는 상황.

상준은 남은 다리를 거울에서 빼며 앞으로 엎어졌다.

"어윽."

"……."

자신을 내려다보는 표정을 보니 어떻게 변명해야 할지도 감이 잡히질 않았다.

이렇게 된 이상, 상준이 택할 수 있는 선택지는 하나밖에 없었다.

'솔직하게 말하자.'

그렇게 결심한 상준이 입을 떼려던 순간.

유찬이 싱겁다는 듯 말을 던졌다.

"아니, 왜 거울을 껴안고 있어. 그건 또 무슨 영감이야?"

"어?"

예상하지 못한 유찬의 한마디.

상준은 당황한 낯빛으로 유찬에게 되물었다.

"거울을 껴안고 있었다고……? 거울에서 나온 게 아니라?"

"뭔 헛소리야, 그건 또."

유찬은 이해가 가지 않는다는 듯 고개를 갸우뚱했다.

이어지는 뒷말을 보니 제대로 봤다는 투였다.

"여기서 거울을 껴안고 있어서, 저건 또 뭔 신박한 또라이 짓인가 하고 있었는데."

"지, 지금은?"

"거울을 놨는데?"

털썩.

하늘 위까지 솟았던 긴장감이 정상 궤도를 찾은 기분이다. 유찬의 한마디에 안색이 밝아진 상준은 속으로 수십 번을 안도했다.

"아, 그랬어?"

거울에서 나오는 또라이보단 거울을 안고 있는 또라이가 낫지.

상준은 헛기침을 하며 자연스럽게 화제를 돌렸다.

"날이 좀 더워서, 크흠."

"선풍기를 트는 게 낫지 않을까?"

유찬은 별 이상한 사람 다 보겠다는 얼굴로 혀를 차며 가버렸다.

"난 또 쓰러진 줄 알았네."

걱정 삼아 덧붙이는 말을 보니 피식 웃음이 새어 나온다.

상준은 거울을 원래 있던 벽에 걸어놓고선 유찬을 따라 나왔다.

'다른 사람 눈엔 다르게 보이는 걸까.'

그나마 부착형 거울이었기에 망정이지, 연습실 거울이었으면 어떻게 보였을지 감이 잡히지도 않는다.

"아."

생각에 잠겨 있던 상준은 유찬을 불러 세웠다.

"야, 근데 문 잠겨 있는데 그건 어떻게 열었어?"

"……."

당황한 듯 두 눈을 끔뻑이는 유찬.

잠시 고민하던 유찬의 입에서 한마디가 흘러나온다.

"그, 그것도 청구해야 돼."

"맙소사."

안에서 대답이 없으니 무작정 밀어붙인 모양이다.

방 문고리부터 드레스룸 문고리까지. 이 집 문고리가 남아나는 일이 없다며, 유찬은 착잡한 표정으로 혀를 찼다.

"그러게 왜 대답도 안 하고 거울을 끌어안고 있어."

"미, 미안하다."

"생각할수록 또라이 같네. 하여간 저 형도 정상은 아니야."

투덜거리며 소파 위에 앉는 유찬.

그 순간.

상준의 주머니에서 전화벨이 울리기 시작했다.
“여보세요?”
—어, 지금 회사로 좀 와봐.
조승현 실장의 목소리였다.

*　　　*　　　*

‘이건 너 예능 출연료고, 작곡비도 넣었어.’

예능 출연료도 놀라웠지만, 1위까지 찍은 덕에 저작권료는 상준의 예상을 한참 뛰어넘는 수익이었다.
조승현 실장은 미소를 지으며 덧붙였다.

‘동생 일도 있으니, 네 몫만 미리 정산해서 따로 주는 거다.’

상준의 주머니 사정을 알다 보니, 상준을 위한 나름의 배려이기도 했다. 때마침 근근이 버티고 있던 유산도 바닥나려던 참이었다.
상준은 안도의 한숨을 내쉬며 병원에 들렀다.
‘당분간 병원비 걱정은 덜었고.’
바빠서 자주 오지도 못한 게 미안했던 터라, 상준은 동생이 있을 병실로 향했다.
숨소리조차 미세하게 들리는 고요한 병실 안.
드르륵.
상준은 병원 문을 열고서 침대에 걸터앉았다.

여전히 평온해 보이는 얼굴에, 상준은 흐릿한 미소를 지어 보였다.
그것도 잠시.
띠리링—.

[형, 어디야?]
[형?]
[형?]

"아악!"
도영이 5초마다 문자를 보내오니 잠시도 쉴 수가 없다.
문자 내용을 보니 송준희 매니저가 지금 애타게 찾고 있는 모양이라, 상준은 다급히 문을 나섰다.
"다음에 또 올게."
들리지 않을 인사를 뒤로하고, 상준은 도영에게 답장을 보냈다.

[ㅗ]
[형?]
[형?]
[오타야 오타]
[고의적인 오타네?]
[형]
[형!!!]

"아아, 간다고."

친절히 전화까지 걸어주고 나서야 좀 잠잠해지는 도영이다.
하여간 잠시라도 자리를 비우면 난리가 난다.
상준은 혀를 차며 병원 문을 나섰다.
"음원 발매한다고?"
—어, 그거 오늘 안무 영상 찍는대. 빨리 와.
원형석과 함께 작곡했던 「Attention」.
다음 주였던 싱글앨범 발매일이 며칠 앞당겨졌단다.
아무리 깜짝 음원이라지만 소속 가수한테도 깜짝으로 하다니.
상준은 고개를 까닥이며 어깨로 휴대전화를 받쳤다.
"어, 내가 지금 바로 갈게."
상준이 빠른 발걸음을 재촉하며 병원 복도를 나서던 순간.
"……."
까만 그림자가 미끄러지듯 상운의 병실로 향했다.

* * *

"자자, 다들 모여!"
"마지막 연습 갑니다!"
다음 주면 데뷔앨범 음악방송 무대도 끝이 난다.
그 뒤로 이어질 수록곡 활동 전에 잠깐 들어가는 노래가 바로 「Attention」이었다.
"워후! 간다? 간다?"
"잠깐만!"
따로 무대 활동은 없지만, 안무 영상은 팬들을 위해 올릴 예정이었기에 멤버들은 그 무대를 준비하기 위해 분주해졌다.

"어으, 시간 없어."

당장 저녁까지 안무 연습을 마무리하고 영상을 올려야 했다.

촉박한 시간에 상준은 반쯤 정신이 나간 얼굴로 투덜대며 자리를 잡았다.

"시작한다!"

도영의 해맑은 말소리와 동시에 펑키한 리듬이 울려 퍼진다.

도입부는 상준의 파트.

상준이 자신감 넘치는 표정으로 앞을 치고 나갔다.

아무도 봐주지 않아

유별나지도 특별하지도 않은 나라서

I wanna attention

회사에서 제공한 무대용 의상까지 입고 있으니 진짜 무대에 선 것 같은 기분이 든다.

그다음에 이어지는 유찬의 파트.

웬일이야 내가 갖고 있던 힘을 알아버린 걸까

모두들 주목하잖아

It's like a different attention

어느덧 제법 능숙해진 손짓으로 다음 안무를 이어가는 유찬.

아직 카메라를 켜지도 않았지만 정면을 향해 눈웃음을 짓는 여유까지 보인다.

작은 것 하나에도 감사한걸
어느 날 내가 달라져 버렸어
신이 주신 선물일까

밤새도록 안무를 익힌 제현이 열창하며 앞으로 나선다.

허공에 지팡이를 휘두르는 듯한 안무.

「Attention」의 컨셉이 마법 학교다 보니 신비로운 동작들이 주를 이룬다.

연습한 대로 술술 나오는 안무.

이 정도라면 곧바로 다음에 안무 연습 영상 촬영에 들어가도 될 수준이다.

It's like a different attention

"이야, 다들 잘하는데?"

물병을 집어 든 도영이 흡족한 표정으로 물을 들이켰다.

뒤에서 선우와 유찬의 동선이 살짝 꼬이긴 했지만, 그 외에는 완벽한 무대였다.

선우는 고개를 끄덕이며 옷소매로 흐르는 땀을 훔쳤다.

"한 두어 번 연습 더 하고. 바로 들어가자."

"어우, 근데 다들 안 더워?"

"덥네."

"후우, 엄청 덥다."

여름을 향해 달려가고 있는 날씨에, 조금만 움직였다고 땀이 뻘뻘 흐른다.

도영의 물음에 다들 인상을 찌푸리며 말을 얹었다.

그 순간. 가만히 있던 유찬이 넌지시 의견을 던졌다.

"그러지 말고. 우리 잠깐 나갔다 올까."

"농땡이 최고."

"아니, 잠깐 쉬고 온다 그 말이지."

해맑은 도영의 말을 저지하며, 그럴싸하게 포장하는 유찬.

유찬이 비밀스러운 목소리로 고개를 숙였다.

"오늘 실장님이 어디 가셨대."

"그런 꿀 찬스가."

"매니저님은?"

지난번에 한창 과자 파티를 하다가 들킨 전적이 있기에, 송준희 매니저의 위치부터 파악하는 선우다. 사실 그거라면 유찬도 몰랐지만, 멤버들의 의미심장한 눈빛이 허공에 닿았다.

"살짝."

"……."

"살짝 나갔다 오면 아무도 몰라."

분명 들킬 것 같다는 직감이 들긴 했으나, 간식의 유혹 앞에서 고개를 저을 멤버는 아무도 없었다.

"와아아아! 와아악!"

"야, 차도영! 조용히라도 나가든가."

"오케이."

난데없이 비명을 지르는 도영을 간신히 저지하고, 다들 들뜬 걸음으로 JS 엔터를 나섰다.

결정하는 데까진 조금의 고민이 있었지만, 나오는 건 순식간이다.

"와."

연습실과는 분위기부터 다른, 이 상쾌하고 쾌적한 공기.

상준이 생글거리며 두 팔을 벌리자, 유찬이 이상하다는 듯이 비수를 꽂는다.

"안 더워?"

"크흠."

사실 상쾌하지는 않았다.

무더운 공기에 손을 펄럭이던 멤버들은 곧장 JS 엔터 앞 편의점으로 향했다.

"빨리 갔다 오자."

먼 거리가 아니라 그냥 걸어가면 되긴 했지만.

잠시 눈치를 살피던 선우가 조심스레 입을 열었다.

"…사람들이 쳐다봐."

"잘생겨서 그래."

뻔뻔한 도영의 한마디에 상준은 머리를 짚었다.

아무리 연예인병에 걸렸어도 이 옷은 조금 아니지 않나.

'아무 생각 없이 나와 버렸네.'

나름 신경 쓴다고 마스크까지 쓰고 나왔으면서 정작 옷차림이 이상하다는 건 새까맣게 잊어버렸다.

이렇게 요상한 옷차림을 하고 다니니 시선이 쏠릴 수밖에 없다.

제현은 막대 사탕을 물고선 어깨를 으쓱였다.

"왜? 난 괜찮은데. 호구와트 학생 같고."

"호구가 아니라 호그와트."

"그게 그거지."

제현은 영화에서 봤던 마법 학교를 운운했지만, 상준은 얼굴이 붉게 달아오를 지경이었다.

영화에서 보는 거랑 실제 입는 거는 체감이 다르다.

"촬영인가 봐."

"뭐야?"

"야, 찍어, 찍어."

마스크를 쓴 덕에 얼굴은 몰라본 것 같지만, 부끄러움을 감당해야 하는 것은 온전히 자신의 몫이다.

상준은 두 눈을 가리며 신이 난 도영의 어깨를 툭툭 쳤다.

"야, 빨리 사고 가자."

"예에에. 이츠 라이크 디프런 어텐션!"

"노래 흥얼거리지 좀 말고!"

"예에에, 어텐션."

"악, 좀 닥쳐봐!"

유찬이 혀를 내두르며 이온음료를 집었다.

아무리 타박을 던져도 콧노래를 흥얼거리는 도영에 이어.

"형, 형!"

제현은 막대 사탕 꽃다발을 집어 들고서 달려왔다.

두 눈을 반짝이며 해맑게 내뱉는 말이 가관이다.

"오, 나 이거 살래."

"야, 이 쓸데없는 걸 왜 사. 누구 주게!"

"나."

내 자신을 위한 선물이라.

그 와중에 참으로 당당하다.

상준은 다급히 제현을 뜯어말리며 돌려보냈다.

"제현아, 초콜릿은?"

"응, 아니야."

"좀 덜 비싼 걸로 사자. 돌아가."

"……."

축 처진 어깨로 터벅터벅 걸어가던 제현이 다시 고개를 돌린다.

말을 좀 알아듣나 싶었는데.

"빼빼로 데이 기념."

"돌아가."

"옙."

빼빼로 데이가 세 달은 족히 남았는데 어디서 핑계냐며, 쉴 새 없이 쏟아지는 상준의 잔소리에 제현은 시무룩한 얼굴이 되었다.

"자자, 갑시다."

"얘들아, 편의점 통째로 쓸어 가지 말고. 좀 가면 안 될까?"

모이기만 해도 시끌벅적 그 자체다.

선우와 상준이 진땀을 빼서 동생들을 진정시키고 나서야, 편의점 쇼핑은 간신히 마무리되었다.

"어으, 또 연습해야 되네."

벌컥벌컥.

음료수 한 캔을 순식간에 마셔 버린 도영이 혀를 차며 말을 뱉었다.

옆에서 쏟아지는 시선에도 전혀 상관없다는 듯 태연한 표정이다.

상준은 길거리 한가운데에서 음료 광고를 찍고 있는 도영을 잡아끌었다.

"들어가자. 들어가자."

다급히 JS 엔터를 향해서 발걸음을 재촉할 때였다.

"어?"

도영이 무언가를 발견한 듯 고개를 돌렸다.

JS 엔터 건너편의 상가. 유유히 걸어가는 남자의 뒷모습을 확인한 도영이 상준의 어깨를 툭툭 쳤다.

"그, 저 사람 있잖아."

"저 사람?"

한 손을 주머니에 꽂은 채 걸어가는 뒷모습.

살짝 꺾어지는 코너에서 옆모습이 드러난다.

답답했는지 마스크를 살짝 턱에 걸친 모습.

"아."

익숙한 얼굴이다.

새로운 음료수를 또 깐 도영이 고개를 까닥이며 말을 뱉었다.

"드림스트릿 그 사람이네."

상준과도 요리 프로그램을 같이했던, 드림스트릿의 리더 태헌.

시비를 걸어오던 모습이 영 언짢았는데.

상준이 곱지 않은 시선으로 태헌의 뒷모습을 빤히 쳐다보던 순간이었다.

꺾어지는 코너에서 곧바로 문을 열고 들어가는 태헌.

"어?"

그 위층의 간판을 확인한 상준은 놀란 눈으로 입을 뗐다.
"요리… 학원?"

*　　　*　　　*

두 번째로 찾아온 「스타들의 레시피」 방송.
이번 주 주제는 '패스트푸드'.
정확히는 건강한 패스트푸드를 만드는 것이 목표였다.
'또 버거를 만들어 오나 싶었는데.'
지난번 버섯 버거의 패배가 쓰라렸는지, 태헌은 색다른 피자를 들고 왔다. 프로그램을 위해 요리학원까지 등록한 열정.
'과연 얼마나 하려나.'
상준은 호기심 어린 눈길로 태헌을 빤히 응시했다.
"가장 기본적인 페퍼로니피자에, 새로운 시도를 한번 해본 건데요."
중얼거리며 레시피를 만드는 태헌을 본 순간, 상준은 직감했다.
"아."
저건 그냥 재능이 없다.
나름 신박하답시고 들고 온 게 피자 스파게티였으니까.
예상대로 김해찬 셰프의 반응은 냉담했다.
"음. 이번에도 맛이 없어요."
"……."
"제가 봤을 땐 기본적인 요리 공부라도 하고 와야 했을 것 같은데."
예능 캐릭터로 넣었다 쳐도 기본적으로 요리에 소질이 없다.
태헌은 시무룩한 표정으로 고개를 떨구었다.

그 반면에, 상준은 이번 주에도 칭찬 일색이었다.

새로운 음원 준비로 요리에 별로 집중하지도 못했지만.

「열정 가득 요리 천재」.

재능.

재능의 힘은 무시할 수 없었다.

"이야, 역시 이번에도 기대 이상이네요."

"네, 맛있어요."

쏟아지는 칭찬 세례에 상준은 뿌듯한 얼굴로 고개를 들었다.

비록 이번 주 1등은 간발의 차로 앞다투던 은솔에게 밀리긴 했지만.

"자, 이번 주 1등은 은솔 씨! 축하합니다!"

"와아아아!"

상준은 흡족한 표정으로 내려왔다.

'일단 재는 이겼으니까.'

싸늘한 눈빛이 허공에서 교차한다.

고개를 돌리자마자 뒤통수가 얼얼한 걸 보니 똑바로 노려보고 있는 모양이다.

'도망쳐야지.'

탁.

슬레이트 소리가 울려 퍼지자마자, 상준은 생글거리며 촬영장을 벗어났다. 그렇게 무사히 탈출했다고 생각했는데, 차디찬 목소리가 상준을 붙잡는다.

"저기요."

굳이 뒤를 돌아보지 않아도 알 것 같다.

휙휙.

어서 오라는 듯한 손짓에, 상준은 침을 삼키며 태헌에게로 향했다.

"네."

"이거 먹어봤어요?"

태헌이 가리키는 건 그가 만들었던 어정쩡한 피자 스파게티.

굳이 먹어보지 않아도 알 것 같은 맛이긴 했다.

오븐 돌리는 시간을 잘못 맞췄는지 딱딱하게 눌어붙은 비주얼에, 양념 소스가 덜 배어들어 간 듯한 부적절한 조화까지.

'아, 진짜 먹기 싫다.'

속마음은 그렇게 아우성대고 있었지만 별수 없다.

"한번 먹어볼게요."

상준은 어색한 미소를 지으며 젓가락을 집어 들었다.

후루룩.

위를 감싸고 있는 피자와 그 아래의 말라붙은 스파게티까지.

예상은 했지만.

'제현이가 좀 더 잘 만들 것 같은데.'

요리학원까지 다녀온 실력이 이 정도일 줄은 몰랐다.

상준은 머쓱한 미소를 지으며 고개를 들었다.

태헌의 싸늘한 한마디가 이어졌다.

"망한 것 같아요?"

어때요, 도 아니고 망한 것 같냐니.

생각보다 훨씬 노골적인 질문에 상준은 어떤 대답을 해야 할지 고민했다.

'적당히 망한 것 같아요.'

사실 잘 쳐줘서 적당히 망한 수준이지만, 이렇게 말한들 좋아하지 않으리라는 건 뻔했다.

사회생활과 양심 가운데서 고민하던 상준은 전자를 택했다.

"에이, 괜찮아요."

"진짜요?"

"그럼요."

상준은 너털웃음을 터뜨리며 손을 내저었다.

한 입을 억지로 더 밀어 넣은 상준이 해맑게 말을 이었다.

"어차피 배 속에 들어가면 다 똑같아요."

"……."

아, 이건 아닌가.

상준은 태헌의 눈치를 살피며 헛기침을 했다.

나름의 칭찬을 해줬음에도 불구하고, 태헌은 집요하게 물어왔다.

"그래서 맛있어요?"

"……."

이건 차마 양심이 허락하지 못한다.

'아니, 맛없는 걸 맛있냐고 더럽게 물어보네.'

후.

속으로 한숨을 내쉰 상준은 생글거리며 고개를 들었다.

잠시 고민하긴 했지만, 역시 맛있다고 둘러대는 게 최선이다.

계산을 마친 상준이 입을 뗀 순간.

"맛……."

"이따 회식 때 봐요."

태헌이 싸늘한 표정으로 자리를 떠버렸다.

*　　　*　　　*

“이따 회식 때 봐요. 하.”

“헉.”

“진짜 그렇게 말했어?”

“그랬다니깐.”

상준은 손사래를 치며 무용담을 늘어놓았다.

지금 생각해 봐도 정말 살벌한 한마디다.

상준은 혀를 내두르며 이 사태의 심각성을 강조했다.

“야, 이거 거의 옥상으로 따다와 수준 아니냐?”

“맞네. 형 이제 죽었네.”

“그러게 왜 대놓고 찍혀.”

뭔가 해결책이라도 좀 내놓길 바랐건만, 동생들은 잔뜩 흥분해 있을 뿐이었다.

도영은 박수를 치며 고개를 내저었다.

“크으. 상준이 형의 명복을 빕니다.”

“너무한 거 아니냐.”

“난 팝콘 씹으면서 구경하고 있을게. 파이팅.”

도움이라고는 티끌만큼도 안 된다.

상준은 배신감에 치를 떨며 머리를 움켜쥐었다.

당장 회식이 오늘 저녁이다.

‘망했네.’

점점 오르고 있는 시청률을 기념해서 열리는 「스타들의 레시피」 회식 자리. 가서 얌전히 즐기고 오기만 하면 된다지만, 아까의 살벌한 기세를 보아하니 뭔 일이라도 터질 것 같았다.

"형."

상준이 반쯤 포기한 시점, 유찬이 벌떡 고개를 들었다.

"내가 또 탑보이즈의 브레인이잖아?"

"네가?"

이건 또 무슨 신박한 소리일까.

상준은 두 눈을 끔뻑이며 당황한 기색을 완연하게 드러냈지만, 일단 유찬의 말을 들어보기로 했다.

지금 상황에선 밑져야 본전이니까.

"방금 내가 드림스트릿의 모든 특성을 분석해 봤어."

"오호."

"그래서 딱! 도출해 낸 결론이!"

유찬의 의미심장한 서론에, 멤버들의 시선이 그에게 쏠렸다.

진지한 표정으로 말을 끌던 유찬은 나직이 말을 뱉었다.

"…술을 못 마신대."

"헐."

이어지는 유찬의 폭풍 분석.

"2020년 11월 23일 자 유이앱에서 해당 사실을 밝혔고, 5월 12일 한 예능프로에서도 말했어."

"오호. 그러니까."

"맥이면 된다, 이 소리지."

상준은 턱을 쓸며 유찬의 말을 들었다.

유찬은 찾아낸 기사를 들이밀며 자신의 주장을 밀었다.

"먹으면 잔대. 무조건! 옥상으로 끌려가기 전에 재워."

"재워!"

"오호, 이런 실전 꿀팁이."

뜨겁게 불타오르고 있는 멤버들의 반응.

유찬은 대단한 사실을 알아낸 것처럼 뿌듯한 표정이었다.

실제로도 써먹기 아주 좋은 팁이긴 한데.

문제는.

"나도 술을 못 마셔."

"……."

싸늘하게 가라앉은 분위기.

딴건 어떻게 한다 쳐도 이건…….

유찬이 머리를 긁적이며 쐐기를 박았다.

"망했네……?"

정말 총체적 난국이었다.

* * *

"스타들의 레시피, 고공 행진을 위하여!"

"위하여!"

"위하여!"

오기 싫은 마음은 굴뚝같았지만, 막내인 입장에서 빠질 수도 없었다.

상준은 어색한 미소를 지으며 자리에 앉았다.

하필 옆자리가 이 인간이다.

"또 보네요."

"아."

망할.

태헌이 심기 불편한 표정으로 노려보고 있으니 가시방석에 앉은 기분이다. 이럴 때 해결책이라면.

'먹으면 잔대. 무조건! 옥상으로 끌려가기 전에 재워.'

여기 옥상이 열려 있는지 잠겨 있는지는 모르겠지만.

유찬의 말은 충분히 따를 가치가 있었다.

상준은 싱긋 미소를 지으며 입을 열었다.

"드세요."

"뭐?"

눈짓으로 잔을 가리키는 상준.

시작부터 먹이고 보겠다는 심리였지만, 유감스럽게도 태헌에겐 통하지 않았다. 태헌은 단번에 고개를 저으며 거절했다.

"싫어요."

"아, 술… 안 드시는구나."

"네."

괜히 뱉어낸 말 때문에, 오히려 말려들고야 말았다.

가만있던 은솔이 활기찬 목소리로 상준에게 잔을 떠밀었다.

"왜 그러고 있어. 편하게 마셔."

"아니, 괜……."

"에이, 긴장할 필요 없어. 회식인데."

은솔의 오지랖 때문에 엉겁결에 소주 한 잔이 채워진다.

상준은 태헌의 눈치를 보다가 슬쩍 한 잔을 목에 털어 넣었다.

이러다간 정말 큰일 나는데.

궁지에 몰린 상준은 재능을 남용하기로 했다.

"저기, 선배님."

"왜요."

예상대로 싸늘하게 돌아오는 대답.

이제 와서 자신을 향한 악감정을 덜어낼 수는 없겠지만.

'먹일 수는 있어.'

상준은 입가에 호선을 그린 채 같은 말을 뱉었다.

"드실래요?"

아까와 같은 말이지만.

「위대한 언변술」.

이게 있다면 얘기는 달라진다.

아까와는 달리 힘이 들어간 상준의 한마디에, 태헌은 고민하기 시작했다.

"음. 그럴까."

마침 회식도 왔는데 가만히 앉아 있기만 하는 것도 좀 그렇긴 하다.

태헌은 못마땅한 표정으로 턱을 쓸더니 소주잔을 들었다.

"제가 따라 드릴게요, 선배님."

"……."

"많이, 많이 드세요."

역시 재능의 힘이다.

상준은 신이 난 표정으로 잔을 따랐다.

잔 끝까지 가득 채운 상준이 뿌듯한 표정으로 말을 던졌다.

"아니, 왜 끝까지……."

"표면장력입니다, 선배님."

말끝마다 선배님을 붙여대니 화내기도 애매하다.

태헌은 인상을 찡그리며 한입에 술을 털어 넣었다.

써서 못 마신 것도 있지만 괜히 이 녀석 앞에서 꺾어 마시고 싶지는 않아서였다.

'마셔라! 마셔라! 마셔라!'

상준은 속으로 환호성을 외치며 태헌의 잔을 거듭 따랐다.

그렇게 겨우 세 잔을 먹였는데.

"…음."

이렇게 빨리 취할 줄은 몰랐다.

태헌은 머리를 짚으며 상준을 빤히 노려보고 있었다.

은솔과 하경이 자기들끼리 신난 사이, 태헌은 집요하게 상준을 물고 늘어지고 있었다.

한눈에 봐도 취한 얼굴.

발음이 불명확한 혓소리가 태헌의 입에서 흘러나온다.

"너. 너 말이야."

"네."

"말 놔. 동갑이잖아."

갑자기?

상준은 얼떨떨한 표정으로 머리를 긁적였다.

"그래."

"너, 왜 말 놓냐. 선배가 만만해요?"

망할.

'잔다며! 잔다며!'

'엄유찬, 이 자식.'

돌아가면 반드시 유찬을 응징하겠다고 다짐하면서, 상준은 짙은 한숨을 뱉었다.

'어우, 술 당기네.'

원래대로라면 입에도 안 댈 상준이었지만, 옆에서 내뱉는 헛소리를 들으니 절로 들어간다.

태헌은 따라주지도 않았는데 한 잔을 더 들이켜고는 말을 이었다.

"내, 내 피자가 그렇게 맛없어?"

"맛있어요."

"…말 놓으라고."

'어쩌라는 거야, 진짜.'

아무래도 취한 사람과는 상대하지 않는 게 낫겠다 싶다.

상준은 고개를 돌리며 술 한 잔을 더 들이켰다.

그 순간. 진심을 담은 태헌의 한마디가 흘러나왔다.

'이번 싱글도 잘되고.'

요리에서 맨날 밀리는 것도 화나는데.

원형석과 함께 발매한 「Attention」 싱글은 시작부터 10위권 안쪽이었다. 이대로 반등만 한다면 1위도 충분히 노려볼 수 있는 성적.

'겨우 데뷔한 지 몇 달 만에.'

드림스트릿이 이 자리까지 오는 데 3년이 걸렸다.

그만큼의 성과를 고작 몇 달 만에 해낸 상준이 마음에 들지 않았다.

폭발적인 재능, 태헌이 부정하고 싶어도 그건 사실이었으니까.
"맘에 안 들어."
"아, 네네."
"너 말고 저… 저 닭강정, 생긴 게 맘에 안 들어."
아무리 봐도 제정신은 아니다.
"제가 매니저님께 데려다 드릴게요."
"어어, 들어가 봐. 태헌이 취했네."
은솔의 허락을 받고서, 상준은 급하게 태헌을 이끌고 나왔다.
술은 입에도 안 댄다고 했으니, 매니저가 굳이 데리러 오지 않은 상황이다.
"후우."
상준은 바깥 공기를 들이마시며 주변을 둘러보았다.
급하게 송준희 매니저에게라도 연락해야 하나 고민하고 있던 찰나.
"야."
툭툭.
태헌이 의미심장한 표정으로 상준의 어깨를 쳤다.

* * *

의미심장한 낯빛을 보아하니, 대단한 말이라도 꺼낼 줄 알았는데.
태헌이 늘어놓은 말은 결국 술주정에 불과했다.
"너 몇 월생이야."
몇 년생이야, 까지는 들어봤어도 이건 좀 신박하다.
상준은 고개를 갸우뚱하며 담담한 목소리로 답했다.

"3월이요."
"쓸데없이 일찍 태어났네."
쳇.
혀를 차는 모습을 보니 기가 막힐 지경이다.
분명 자기가 더 먼저 태어났으면 그걸로도 갈궜을 게 뻔했다.
"어휴."
상준은 두 눈을 끔뻑이며 급히 휴대전화를 찾았다.
아무래도 빨리 돌려보내야 할 것 같다.
휴대전화에서 송준희 매니저의 연락처를 찾아 전화를 걸려던 순간.
"왜 이렇게 머리가 어지럽지?"
눈앞이 핑 돌기 시작한다.
그와 동시에 구름 위를 걷는 듯 들뜨는 기분.
이 기분이라면.
'망했다.'
아까 홀짝거리던 술 때문에 취한 모양이었다.
"아, 숙소 가야 하는데……."
하지만, 그걸 자각한 순간.
이미 때는 늦은 뒤였다.
"어?"

*　　　*　　　*

그렇게 한 시간이 지났을까.
"에휴, 오늘 늦게 끝났네. 가봐야지."

회식 자리를 정리하고 나서던 은솔은 놀란 눈으로 고개를 돌렸다.
회식 장소 앞 편의점.
왁자지껄한 말소리가 여기까지 들려온다.
'아까 간다고 했는데.'
진작에 떠난 익숙한 얼굴들이 보인다.
"야, 야. 마셔, 마셔!"
"내일 스케줄 없어?"
"있어! 있어!"
"헐, 나도. 크으, 뭘 좀 아는 친구네."
이미 이성을 놓은 채 떠들어대고 있는 상준과 태헌.
'사이 안 좋은 거 아니었어……?'
출연진들도 공공연히 둘의 사이는 알고 있었다.
서로 의식한다는 게 느껴질 정도로 대놓고 티를 내며 경쟁을 해왔으니.
지금 은솔이 보는 광경은 그녀가 알고 있던 것과는 다소 달랐다.
"음."
당황한 표정으로 고개를 갸우뚱하던 은솔은 편한 대로 생각하기로 했다.
'뭐, 애들은 금방 친해지니까.'
은솔은 어깨를 으쓱이며 유유히 자리를 떴다.

* * *

"아악!"

태헌은 허공을 발로 차며 머리를 감싸 쥐었다.

'왜 그랬을까.'

차라리 기억이라도 없었으면 좋았으련만, 어제의 기억은 소름 돋게도 선명했다. 태헌은 방송국 복도를 나서면서 어제의 일을 후회했다.

'너 몇 월생이야.'

'너 말고 저… 저 닭강정, 생긴 게 맘에 안 들어.'

이불 킥을 백 번쯤 해도 모자랄 기억이다.

어제의 순간들을 돌이킬 때마다 숨이 턱턱 막혀온다.

'만나면 어떡하냐, 진짜.'

앞으로는 스쳐 지나가도 피해야겠다고, 태헌은 짙은 한숨을 내쉬며 다짐했다. 그럼에도 불구하고 필연적으로 만날 수밖에 없는 사이였지만.

하필이면 같은 프로그램에 고정으로 있으니 다음 주에 또 만나야 했다.

"미쳤어, 미쳤어."

태헌이 작게 중얼대며 자신의 머리카락을 쥐어뜯던 순간.

"아……?"

코너에서 상준이 튀어나왔다.

어차피 다음 주면 만날 사이긴 하지만.

'아아악.'

아직 마음의 준비가 되지 않았다.

태헌은 황급히 고개를 돌리며 반대 방향으로 걷기 시작했다.

잠깐, 아주 잠깐 마주쳤으니 알은척만 안 하면 된다.

그런데.

"선배님……?"

뒤에서 해맑게 자신을 부르는 목소리.

태헌은 모자를 푹 뒤집어쓴 채 발걸음을 재촉했다.

"……."

"어디 가세요? 바쁘세요?"

어제와 달리 존대를 하긴 하지만, 저렇게 살갑게 구는 걸 보니 생생하게 다 기억하는 모양이다.

속으로 비명을 지르며 황급히 자리를 뜨는 태헌.

앞으로 저 녀석과 엮일 생각을 하니 머리가 아플 지경이다.

"왜 그러세요?"

의아한 표정으로 물어오는 걸 보니, 태헌의 머릿속이 새하얘졌다.

다급한 나머지, 태헌은 손을 내저으며 말을 뱉었다.

"기억 안 나요. 아무것도, 절대 네버! 기억 안 나요."

"네? 묻지도 않았는데……."

상준이 제대로 말을 꺼내기도 전에, 태헌은 다급히 상준의 말을 막았다.

누가 쫓아오기라도 하는 것처럼, 태헌은 상준을 피해 길을 나섰다.

"바, 바쁘니까. 전 이만 가보겠습니다!"

"…아?"

그렇게 떨쳐내고만 나면 다 괜찮아질 줄 알았다.

그런데.

"이거 뭐야?"

싸늘하게 울려 퍼지는 목소리.

방송 대기실로 들어서자마자 태헌의 매니저가 날카로운 물음을 던졌다.

"네?"

매니저는 대답 대신 굳은 얼굴로 휴대전화를 내밀었다.

그 안에 떡하니 박혀 있는 기사.

「'스타들의 레시피' 두 신성의 대결 구도?」

「'스타들의 레시피' 태헌, 상준의 불화 논란……. 컨셉인가? 진짜인가?'」

「드림스트릿 VS 탑보이즈 불화설에 주춤…….」

연예 기사 하단에 박혀 있는 데다가 드림스트릿과 탑보이즈의 팬층 덕에 묻히고 있긴 하지만, 쉽게 넘어갈 만한 문제는 아니다.

팬들도 이미 척을 세우고 싸우고 있었으니까.

—방송 보니까 겁나 살벌하던데? 왜 가만있는 애를 건드려? ㅋㅋㅋㅋㅋ

ㄴ태헌이가 뭘 건드렸다고 그래?

ㄴ건드리잖아. 선배 부심 쩔던데 ㅋㅋㅋㅋ

ㄴ왜? 1등 뺏겨서 ㅂㄷㅂㄷ해?

—아니, 애들은 아무 말도 없는데 다들 왜 그래

ㄴ딱 봐도 시비 걸던데 뭐

ㄴ방송 컨셉이겠지

ㄴ이것도 악편임?

ㄴ난 중립 지킬 거임

—상준아 ㅠㅠ 도망쳐…….

ㄴ우리 태헌이가 뭘 했다고 그러세요?

ㄴ뭘 했긴 뭘 해

ㄴ방송 보고 오세요

"야, 이태헌."

태헌은 경직된 얼굴로 고개를 떨궜다.

드림스트릿의 팬들이 열심히 옹호를 해주고 있긴 하지만, 당연히 여론은 태헌에게 불리하게 쏠릴 수밖에 없었다.

방송에서 고의적으로 편집을 하진 않았지만, 태헌이 은근히 시비를 거는 장면이 종종 보였으니.

"너, 이거 어떻게 할 거야?"

"사이… 좋아요."

"좋아? 좋은데 애를 못 잡아먹어서 안달이야?"

매니저의 돌직구에 태헌은 할 말을 잃었다.

누구보다 태헌을 오랜 시간 봐온 그였기에, 스스럼없이 말을 토해낼 수 있었다.

"너, 자존심 강한 거 알지. 야, 나도 알아."

"넵."

"그래서 네가 그 프로 나가는 거 안 말렸어."

요리라고는 똑바로 해보지도 않은 태헌이 요리 프로에 나간다고 했었을 때, 사실 엔터 내에서도 반대가 꽤 있었다.

괜히 부족한 모습을 보이느니 안 나가느니만 못하다고 걱정 어린 시선들이 있었으니까.

그 와중에도 태헌을 믿어줬던 게 매니저였다.

'승부욕이 강한 애니까.'

음악방송에서 1위를 뺏기고 나서 분해하고 있다는 것도.

그래서 괜히 '스타들의 레시피'에 집착한다는 것도.

매니저는 다 알고 있었다.

그렇기에, 더 이상은 용납할 수 없다.

"JS 엔터에서 연락 왔어."

"……."

"같이 유이앱 합동 방송 하자고."

두 엔터 모두를 위해서라도 그게 가장 합리적인 판단이다.

서로 활동해야 하는 입장에서 굳이 의미 없는 여론전을 끌고 갈 필요는 없었다.

합동 방송.

그렇게라도 해서 좋은 사이라는 이미지를 팬들에게 각인시킨다.

분명 완벽한 계획이다.

"후우."

다만, 전혀 끌리지 않을 뿐.

'안 돼…….'

술에 취해서 말을 놓은 사이라고 하긴 해도 또 얼굴을 봐야 한다니.

태헌은 손사래를 치며 고개를 저었다.

"형, 저 진짜 쪽팔려서 못 가요."

"뭐?"

“어제 제가… 아아악!”

태헌은 머리를 쥐어뜯으며 제자리에서 주저앉았다.

하지만, 이번엔 태헌의 말이 씨알도 먹히질 않았다.

“됐고. 합동 방송이나 준비해.”

매니저는 단호한 목소리로 차디찬 말을 뱉었다.

“…….”

“이번엔 안 봐줘.”

*　　　*　　　*

“자, 안녕하세요! 여러분!”

상준은 생글거리며 허공을 향해 손을 흔들었다.

그 옆에서 뻘쭘한 표정으로 따라서 손을 흔드는 태헌.

상준은 그런 태헌을 떨떠름한 얼굴로 돌아보았다.

‘원래 저렇게 조심스러운 성격이 아닌데.’

지난번 만취 사건 이후로는 줄곧 자신을 피하기만 한다.

‘그때 무슨 일이 있었더라.’

태헌이 자신의 심기를 건드려 오질 않으니, 그저 평범한 선배로서 대할 뿐. 사실 상준은 태헌의 예상과는 달리 그날 일을 거의 기억하지 못했다.

‘마셔! 마셔! 마셔!’

은연중에 떠오르는 기억.

단편적인 기억을 바탕으로, 상준은 크게 착각을 하고 있었다.

'아, 좀 친해졌구나.'

"선배님, 저희가 오늘 할 일이 뭔지 아세요?"

「무대의 포커페이스」.

유이앱 방송이 켜진 상태였기에, 상준은 특유의 생글거림으로 태헌에게 물었다.

멍한 눈빛으로 상준을 바라보던 태헌은 다급히 말을 더했다.

"아, 아. 공포 게임!"

"아, 그거구나."

—헐

—둘이 같이 방송하네?

—봐봐. 그거 기자 피셜이라니까

—애들 사이 좋아 보이는데?

—태헌아 ㅠㅠㅠㅠㅠㅠ

—공포 게임 ㄱㄱㄱ

태헌은 어색한 미소를 지으며 팬들과 소통했다.

탑보이즈와 드림스트릿 팬들이 모두 있는 유이앱 방송.

평상시 방송보다 행동거지를 조심할 수밖에 없었다.

'현재 팬들끼리 사이가 좋질 않으니까.'

그 사실은 상준도 충분히 인지하고 있었기에, 상준은 부드러운 목소리로 말을 이었다.

"공포 방 탈출을 한번 해볼 거거든요. 여기 있는 태헌 선배님이랑."

"하하. 맞습니다."

태헌은 얼굴을 붉히며 노트북 화면으로 시선을 고정했다.

한눈에 봐도 음산한 비주얼의 화면.

태헌은 지그시 입술을 깨물며 심란한 표정이 되었다.

'매니저 형…….'

뻔히 이런 스타일의 게임을 무서워한다는 걸 알면서, 이렇게 대놓고 짜 올 줄이야. 태헌은 지끈거리는 머리를 부여잡으며 상준은 돌아보았다.

"오, 재밌어 보이는데요."

"…그러게요."

대답이 한 박자 늦게 나온다.

태헌의 흔들리는 동공을 확인한 상준은 속으로 피식 웃음을 흘렸다.

'설마, 무서워하나.'

위이잉.

시작 버튼을 누르자마자, 상준은 확신할 수 있었다.

아까와는 달리 창백하게 질린 얼굴. 원래대로라면 승부욕에 불타올랐을 태헌이 움츠러들고 있는 걸 보니.

"아, 신난다."

헉.

실수로 속마음을 뱉어버린 상준은 다급히 말을 돌렸다.

"게임이 되게 신나게 생겼네요. 저는 긴장감 넘치는 거 좋아하거든요."

"…저도 좋아합니다."

전혀 좋아하는 것 같지 않은 표정으로 답하는 태헌이다.

저러고 앉아 있으니 사실상 게임은 상준이 진행할 수밖에 없다.

마우스를 손에 쥔 상준은 빠르게 화면 안의 아이템들을 클릭하기 시작했다.

“여기, 집에 있었던 사건들을 알아내는 건가 봐요.”

실제로 하는 방 탈출과 달리, 화면 방 탈출이다 보니 클릭이 생명이다.

상준은 수상해 보이는 물건들을 하나씩 클릭하기 시작했다.

여기서 단서를 얻어서 탈출해야 하는 게임이니까.

칫솔을 클릭함과 동시에 괴상한 소리가 울려 퍼졌다.

‘우후후후…….’

소름 돋게 귀에 꽂히는 웃음소리.

“아윽.”

아직 아무것도 나오질 않았는데, 옆에서 자꾸 고통스러운 효과음을 내고 있었다.

“선배님……?”

상준은 당황한 표정으로 태헌을 힐끗 쳐다봤다.

이미 손으로 반쯤 얼굴을 가리고 있는 모습.

티를 안 내려고 했는데, 이미 실패했다.

댓글창은 이미 웃음으로 도배되고 있었다.

“크흠.”

그렇게 센 척을 하더니만.

상준은 속으로 혀를 차며 거울을 마우스로 클릭했다.

그 순간.

"아아아악! 아악!"

"앗, 깜짝이야."

태헌이 비명을 내지르며 자리에서 튀어 올랐다.

거울에서 튀어나온 귀신에, 질겁하며 탁자 아래로 내려가는 태헌.

옆에서 빽 소리를 질러대니 놀랄 수밖에 없다.

"……."

상준은 놀란 가슴을 쓸어내리며 태헌의 상태를 확인했다.

"선배님……?"

—ㅋㅋㅋㅋㅋㅋㅋㅋㅋㅋㅋㅋ

—태헌이 쫄았넼ㅋㅋㅋㅋ

—와 빛과 같은 속도로 도망갔어

—ㅠㅠ 귀 빨개졌어…….

"선배님."

"……."

"괜찮으세요?"

바닥에 쭈그리고 앉아 있는 태헌.

방송 중 벌어진 돌발 상황에, 아직 방송 경력이 적은 상준은 퍽 당황한 기색이었다.

툭툭.

태헌의 눈치를 살피며 그의 어깨를 치던 때였다.

웅크리고 있는 태헌의 입에서 알 수 없는 말이 새어 나왔다.

"말 걸지 마라."

"네?"

'망할.'

쥐구멍에라도 숨어들어 가고 싶은 심정.

태헌은 이를 악문 채 상준에게만 들릴 소리로 작게 말을 뱉었다.

"…말 걸지 말라고."

*　　　*　　　*

—친해 보이네 ㅋㅋㅋㅋㅋ

—다급히 도망가는 태헌이도 웃기고, 멍하니 쳐다보고 있는 상준이도 웃기네

ㄴ심지어 웃고 있음ㅋㅋㅋㅋㅋㅋㅋ

ㄴ찐 친구 모먼트다

—하여간 기사 그렇게 쓰지 말라고

ㄴㅇㅈㅇㅈ

ㄴ사람들 오해하잖아

ㄴ온탑이들은 믿었다고요ㅠㅠ

"형, 둘이 친해 보인대."

유이앱 방송이 끝나고 관련 기사들도 쏟아져 나왔다.

JS 엔터쪽에서 열심히 손을 쓴 결과였다.

기존에 분란을 조성하던 기사들은 묻힌 지 오래고, 좋은 방향으로 기사가 바뀌어서 나갔다.

"그래?"

상준은 안도하며 피식 웃음을 흘렸다.

귀신이 튀어나올 때마다 애써 쿨한 척 앉아 있다가도 기겁하는 태헌의 표정.

보는 재미가 여간 쏠쏠한 게 아니었다.

상준은 콧노래를 흥얼거리며 도영에게 말을 던졌다.

“야, 그래도. 나름 친해졌어.”

“에이.”

“진짜?”

상준은 휴대전화 연락처를 들어 보이며 말을 이었다.

유이앱 방송 이후, 태헌은 무슨 생각에서인지 상준의 연락처를 받아 갔다. 심지어 이따금, 뜬금없는 문자까지 보내온다.

[사진]

[오늘 먹은 거]

“자기가 먹은 치킨은 왜 보내는지 모르겠는데.”

“아, 그거 형 기만하는 거야.”

“그런가?”

“엉. 형은 샐러드 먹고 있잖아.”

도영이 투덜거리며 덧붙이는 말을 들어보니 그럴싸하다.

상준은 머리를 긁적이며 태헌의 연락을 확인했다.

[나도 줘]

[어림도 없지]

보내자마자 돌아오는 냉정한 답장. 상준은 이해가 가지 않는다는 표정으로 선우에게 문자를 보여주었다.

"이럴 거면 왜 보내는 거야?"

"봐봐, 기만 맞다니까."

도영이 언성을 높이며 상황을 정리했다.

맨날 이렇게 투닥대긴 하지만 그래도 그사이 말까지 놓은 둘이다.

상준은 피식 웃음을 흘리며 말을 꺼냈다.

"뭐, 그래도 방송이 효과는 있었지. 전보단 훨씬 나아졌다니까."

잡아먹으려는 듯이 안달하던 모습은 어디로 가고, 술에 취했을 때 친해졌던 기억이 마냥 꿈만은 아니었는지 한결 부드러워진 태헌이다.

'싸우다 정든 건가.'

상준은 혀를 내두르며 소파에 등을 기댔다.

그 순간.

"아, 맞다."

가장 중요한 걸 놓칠 뻔했다.

상준은 급하게 리모콘을 찾아 들고선 TV의 전원을 켰다.

"오늘, 마지막 방송이잖아."

"아."

「드라마 인 드라마」의 마지막 방송.

시즌제로 진행되는 프로그램이다 보니, 이제 떠나보낼 때도 되었다.

마지막 촬영에도 그 감격을 잊을 수 없었지만, 화면으로 보자니 감회가 새롭다.

"시작한다. 시작한다."

웹드라마는 오늘 저녁에 공개될 예정이기에, 「드라마 인 드라마」 막방에서는 마지막 화 촬영 장면이 공중파를 타고 있었다.

"이야, 제현이 열심히 하네."

혼신의 힘을 다해 펼치는 제현의 연기.

「드라마 인 드라마」 초반부와는 180도로 달라진 연기다.

—그깟 사실이 뭐든 내가 알 바는 아니고.

주먹을 쥔 채 하운을 향해 악을 지르는 제현.

늘 무덤덤해 보이던 이전의 서진과는 완전히 달라진 마지막 화의 모습. 감정을 잘 느끼지 못하던 서진이 처음으로 자신의 심정을 있는 그대로 쏟아내는 장면이었다.

감정 표현에 서툴지만 처음으로 분노하는 모습.

그 미묘한 감정을 완벽히 캐치해 낸 연기에, 컷을 외친 강주원이 감탄을 내뱉었다.

"저때 촬영장 분위기 진짜 좋았지."

서진만큼이나 한층 성장한 제현이다.

상준은 기특하다는 듯이 제현의 어깨를 토닥였다.

"내가 또 한 건 했네."

쓸데없이 진지하게 내뱉는 한마디에 선우와 상준은 동시에 웃음을 터뜨렸다.

늘 상황을 객관적으로만 판단하는 녀석이 저런 말을 본인의 입으로 올려놓다니. 상준은 도영을 향해 눈살을 찌푸렸다.

"야, 네가 물들였지."

"에이, 자신감 넘치게 살아가는 건 좋은 거야. 그치, 막내?"

"그런 의미에서 나 막대 사탕 꽂다발……."

딴건 다 변해도 한 가지 변하지 않은 건 분명했다.

편의점에서 살짝 봤었던 그 꽃다발이 눈앞에 아른거리는지, 「드라마 인 드라마」 막방을 보면서도 꽃다발을 중얼대는 제현이다.

“야, 너 이 썩어.”

“난 괜찮아.”

제현의 당당함에 혀를 내두르며, 막을 내리고 있는 「드라마 인 드라마」 화면을 보던 순간이었다.

“헉, 헉! 형, 이거 봐봐.”

잠시 휴대전화를 내려다보고 있던 도영이 호들갑을 떨었다.

“이, 이거. 그분 아냐?”

도영이 다급히 들어 올린 뉴스엔 익숙한 태헌의 얼굴이 있었다.

SNS에 웬 동영상을 올렸는지 기사까지 뜬 모양인데.

툭.

아무 생각 없이 화면을 보던 상준은 손에 들고 있던 휴대전화를 떨어뜨렸다.

“까마귀… 챌린지?”

지난번 상준과 유찬의 개인기가 「금요일의 토크박스」를 타면서, SNS에 까마귀 소리를 내는 영상을 올리는 챌린지가 유행하기 시작했다.

‘대체 다들 왜 하는 거지…….’

그때 얼떨떨한 표정으로 혼자 중얼거렸는데.

“아니, 얜 또 왜 이러고 있어?”

우리 친해요, 를 아예 전 국민이 알게 하고 싶은 생각인지.

—까아아악!

영상 속의 태헌은 해맑게 울부짖고 있었다.
"진짜 독특한 성격인 것 같아."
"…좀 그러네."
"그러게. 옥상으로 따라오라는 신개념 신호 아닐까?"
도영은 고개를 갸우뚱해 보이며 조잘댔다.
문제는 그 아래에 해둔 태헌의 태그.

#나상준 #엄유찬 #원조들의 힘을 보여주세요

"다음은… 우리야?"
돌고 돌아 여기까지 오다니.
상준은 기겁하며 몸을 뒤로 젖혔다.
띠링—.
완벽한 타이밍에 맞춰 문자가 왔다.

[영상 봤지?]

난데없이 까마귀 영상을 찍어놓고 다음 챌린지를 받아달라니.
상준은 혀를 차며 답장을 보냈다.

[뭐. 하. 세. 요.]

[혼신의 까마귀 연기, 기대하고 있을게]

"은근슬쩍 약을 올리네."

"맞네."

"옥상으로 따라오라는 신개념 신호라니까."

태헌이 보내온 문자를 보고 탑보이즈의 멤버들의 각종 추측이 이어졌다.

사실 태헌의 심리는 전혀 달랐지만.

'뭐, 이만하면 나름 친해졌나.'

상준은 제대로 기억하지 못하는 만취의 기억을 고스란히 가지고 있는 태헌은, 이제야 제법 둘이 친해졌다고 착각하고 있었다.

처음에는 술주정을 부렸던 게 부끄러워서 피하고 있었던 건데.

'이미 망했지.'

공포 게임을 한답시고 그만큼의 주접을 떨어댔으니.

이제 더 이상 쪽팔릴 구석도 없었다.

반쯤 해탈한 태헌이 대놓고 친한 티를 내고 있던 거지만, 그 상황을 모르는 상준은 황당할 수밖에 없었다.

"야, 이쪽 좀 찍어봐."

"오케이. 오케이."

도영이 휴대전화를 들고선 상준과 유찬의 앞으로 향했다.

"아악, 이태헌. 그 또라이 자식."

여기서 챌린지를 안 받아주면 또 말이 나올 게 뻔하다.

상준은 투덜거리며 도영이 시키는 대로 거실 중앙에 섰다.

"까악까악……."

프로그램에서 보여준 걸 다시 하자니, 얼굴이 붉게 달아오른다.

'그땐 어떻게 했지…….'

「성대모사의 달인」.

재능이 있다고 해서 부끄러움마저 사라지는 건 아니다.

그럼에도.

"까아아악!"

"까악!"

막상 판을 깔아놓으니 잘만 논다.

도영은 감탄하며 엄지손가락을 치켜들었다.

"와. 생생했어. 동물원 온 줄 알았네."

"뻔뻔함은 진짜 인정이다."

어떻게 표정 하나 안 바뀌고 그걸 해내냐며 선우 역시 놀란 얼굴로 말을 더했다. 유찬은 머리를 쓸어 넘기며 뿌듯한 표정으로 말했다.

"이게 바로 프로의 자세지."

"뭔 프로? 까마귀 프로?"

말이 끝나기 무섭게 시비를 걸어오는 도영을 밀치고선, 유찬은 투덜대며 자리에 앉았다. 도영은 생글거리며 휴대전화를 뒤적였다.

"일단 이걸로 올린다?"

"오케이."

까마귀 챌린지도 순조롭게 마무리되었으니, 멤버들의 관심이 이상한 데로 쏠렸다.

"야, 그러고 보니 유찬이 머리가 너무 자라지 않았냐?"

"머리?

"으음."

유찬은 어느덧 꽤 자란 머리를 만지작거렸다. 푸른색으로 염색한 지도 시간이 좀 흐르긴 했다.

데뷔할 즈음에 한 번 더 염색을 하긴 했지만.

"나 머리가 좀 자란 것 같지?"

"그러게. 키는 안 자라는데 머리만 자랐네."

"야. 차도영, 죽을래?"

다섯 중에서 가장 키가 큰 도영이 약 올리자, 유찬이 발끈하며 자리에서 일어섰다. 선우가 혀를 내두르며 그런 유찬을 진정시켰다.

얼핏 진정된 유찬은 고개를 갸우뚱하며 머리카락을 들어 올렸다.

"파란색이 내 아이덴티티긴 한데. 흐음, 일단 다른 색 추천 받아볼게."

"오호. 나는 개인적으로……."

막대 사탕을 물고 있던 제현이 두 눈을 반짝였다.

"형, 좀 의미 있는 걸로 가보면 어때?"

"의미……?"

이젠 난데없이 머리카락에 의미를 두다니.

황당한 낯빛으로 인상을 찌푸리는 유찬에게, 제현이 진지한 목소리로 말을 던졌다.

"한쪽은 파란색, 한쪽은 빨간색으로."

"…야."

"반반."

"반반은 무 많이지. 그걸 머리에 적용하면 안 돼, 제현아."

도영이 다급하게 손사래를 치며 자리에서 벌떡 일어났다.

유찬은 기가 차지도 않는다는 듯 멍한 얼굴로 앉아 있었다.
그럼에도 제현은 여전히 결연한 표정이었다.
"태극기 느낌으로다가. 애국심, 어때?"
"아니, 그걸 왜 내 머리에 하냐고!"
"아니면, 있잖아. 형."
막대 사탕 꽃다발을 얻어내지 못한 뒤로 정신을 반쯤 놓은 모양인지, 해맑은 얼굴로 신박한 아이디어들을 쏟아내는 제현이다.
제현은 브레이크도 없이 신나게 달리기 시작했다.
"위에는 초록색, 아래는 빨간색으로 가자."
"……"
"수박 컨셉 어때? 우리 수록곡 여름 느낌이잖아. 청량함."
"야, 너 말이 많이 늘었다?"
유찬은 말문이 막힌 표정으로 웃음을 터뜨렸다.
열렬한 눈빛을 보니 진짜 그렇게 염색시키고 싶다는 표정이다.
보다 못한 선우가 다급히 자신의 머리카락을 가리켰다.
"무난하게 갈색으로 가자."
"그나마 정상적인 의견."
"그러네."
말 나온 김에 바로 해버리자며, 도영은 곧바로 팔을 걷었다.
어차피 수록곡 활동 전까지 그나마 스케줄이 조금 덜어진 덕에, 지금 아니면 때가 없다는 게 도영의 결론이었다.
정작 당사자인 유찬은 불안한 표정으로 눈을 굴렸지만 말이다.
"야… 야, 네가 해준다고?"
"아니, 이건 선우 형이."

세심한 스타일의 선우가 자신 있다는 듯 흐뭇한 미소를 지어 보였다.

"믿어봐."

"어, 음. 영 못 미더운데."

그래도 도영보단 낫지 않을까 싶은 마음에, 얼떨결에 선우가 시키는 대로 앉는 유찬이다.

"그, 그. 미용실이 낫지 않을까?"

"선우 형을 믿어봐. 지난번에 나한테도 해준댔어."

"그래서 해줬어?"

"자, 앉아볼까?"

불리한 질문엔 대답을 피하는 도영이다.

유찬은 흔들리는 눈빛으로 거듭 도영에게 물었다.

"매니저님께 허락 안 받아도 되나?"

"에이, 뭐 그리 걱정이 많으십니까. 자자, 앉아."

옆에서 현란하게 조잘대는 유찬과, 침착한 눈길로 염색약을 꺼내 드는 선우까지.

결국 멤버들의 권유에 유찬은 못 이기는 척 자리에 앉았다.

"……."

하지만.

좀 더 깊은 생각을 해보는 게 나았을 거라는 것을.

그때의 유찬은 알지 못했다.

제5장

팬 미팅

"형……"

선우가 염색약을 들이부운 지 1시간째.

제현이 두 눈을 끔뻑이며 상준에게 속삭였다.

"뭔가, 뭔가 좀 이상해."

"조용히 해."

사실 상준도 그렇게 느끼고 있었다.

반은 파란색, 반은 갈색.

"이럴 바엔 태극기 조화가 나았던 것 같아."

뒤에서 속닥이는 제현의 말을 듣지 못한 유찬은, 급기야 여유로운 표정으로 콧노래를 흥얼거리고 있었다.

아직 거울을 보지 못한 자의 여유로움이다.

"제현아, 튀자."

거울을 보고 나면 어떤 상황이 펼쳐질지 절로 짐작이 갔다.

상준은 유찬의 눈치를 살피며 제현을 데리고 일어섰다.

그 순간.

“애들아! 애들아!”

똑똑똑.

거칠게 문을 두드리는 소리.

옆에서 유찬의 불행을 구경하고 있던 도영이 자리에서 일어났다.

“매니저님?”

띠리릭.

문을 열자마자, 다급히 들어오는 송준희 매니저.

“야, 애들아. 내가 전할 게 있는… 어?”

거실 한가운데에서 평온하게 눈을 감고 있는 유찬을 확인한 송준희 매니저는 그대로 얼어붙었다.

“재는… 뭐냐?”

“저요?”

감았던 눈을 뜬 유찬이 의아한 낯빛으로 자신을 손으로 가리켰다.

“왜요? 야, 차도영. 거울 좀 가져와 봐.”

“때론 모르는 게 약일 수도 있…….”

슬금슬금 피하는 도영.

말끝을 흐리는 도영의 목소리에, 유찬은 그제야 심각성을 실감했다.

“거울, 거울 어딨어.”

“아아악! 절대 도망쳐!”

순식간에 난장판이 되는 거실.

이미 염색약이 흘러내리고 있는 와중이라 유찬은 일어나지도 못한 채 허공에 발을 휘저었다.

"애… 애들아?"

들어오자마자 이런 스펙터클한 광경을 봐야 한다니.

송준희 매니저는 정신이 없다는 표정으로 다급히 손사래를 쳤다.

"중요한 얘기가 있는데."

"아악, 이게 뭐야!"

"야, 차도영! 선우 형! 다 어디갔어!"

뒤늦게 비명을 지르며 뛰어나가는 유찬.

반쯤 넋이 나간 송준희 매니저의 아우성이 이어졌다.

"얘들아!"

"…네?"

"너네, 팬 미팅 일정 잡혔다고!"

동시에 고개를 돌리는 멤버들.

"……."

"진… 진짜요?"

뒤늦은 탄성이 튀어나왔다.

* * *

까마귀 같은 머리로 충격을 안겨주었던 유찬은, 결국 송준희 매니저에게 이끌려 미용실을 다녀왔다. 팬 미팅 일정까지 잡힌 마당이니, 이참에 헤어스타일을 바꿔보겠다는 의도였다.

그 결과.

"오호, 훨씬 나은데?"

숙소로 돌아온 유찬을 본 도영이 탄성을 터뜨렸다.

파랑파랑하던 헤어스타일은 어디로 가고 밝은 갈색으로 완전히 바뀌어 버린 머리.

도영은 엄지손가락을 치켜올리며 말을 뱉었다.

"야, 한결 착해 보여."

"욕이냐 칭찬이냐……."

애매모호한 도영의 한마디에 인상을 찌푸리던 유찬은 거울을 확인했다.

약간 곱슬기가 있는 갈색의 머리 스타일.

확실히 전반적으로 부드러운 분위기를 자아내고 있었다.

"아, 내가 봐도 괜찮네."

"……."

거듭 괜찮다며 띄워줄 땐 언제고, 유찬의 한마디에 숙소 분위기가 싸늘하게 가라앉는다.

"왜, 왜!"

"…그걸 본인 입으로 들으니까 좀 그러네."

"헐. 차도영, 너는 맨날 하잖아."

자아도취라면 도영이 전문이다.

유찬은 억울하다는 표정으로 도영을 쏘아보았다.

"하."

저대로 있으면 곧 삐질 것이 분명한 표정이다.

입이 튀어나온 유찬을 확인한 선우가 앞으로 나섰다.

"자, 얘들아."

자칫하면 또 치고받을까 봐 불안한 둘의 사이에, 중재를 하는 건 선우의 몫이다. 오늘은 의미 없는 논쟁을 하기엔 시간이 여유롭지 못했으니까.

"팬 미팅 준비하자."

당장 다음 주로 다가온 팬 미팅이다.

송준희 매니저 역시 들뜬 목소리로 안내해 준 만큼, 멤버들의 기대는 이미 하늘을 찌르고 있었다.

팬들과 가까이 소통할 수 있는 직접적인 만남.

"계획은 얼추 다 나왔지?"

"그렇지."

팬들에게도 탑보이즈에게도.

너무도 소중한 첫 만남이었기에, 사소한 실수도 해서는 안 됐다.

상준은 진지한 표정으로 조승현 실장이 안내해 준 계획을 살폈다.

그런 상준을 따라 계획을 하나씩 검토하던 선우가 입을 열었다.

"이따가 매니저님이 데리러 오시면 우리가 직접 현장을 가보기로 했어."

"팬 미팅 현장?"

"어, 거기 소규모로 되어 있더라."

미니 팬 미팅이니만큼, 삼백 명 남짓의 팬들과 만날 예정이다.

"팬 미팅 끝나면 바로 팬 싸인회 진행할 거야."

"와."

"대박이다, 진짜."

팬 싸인회를 할 기회는 많았지만, 이번 팬 미팅을 위해 줄곧 미뤄왔던 JS엔터였다. 도영은 떨린다는 듯 오두방정을 떨며 말을 이었다.

"팬싸에 사람 엄청 오겠지?"

"그래."

"사람들이 다 날 좋아하겠지?"

"팬, 팬들이니까."

원래 도영의 텐션이 100이라면 지금은 한 300은 거뜬히 넘어 보인다.

도영은 사이다 한 캔을 해치우고선 좁은 숙소를 뛰어다니고 있었다.

"으아, 늘 새로워. 짜릿해! 모두가 날 봐주는 이 기분!"

"…도영이 왜 저래."

"자주 저러잖아."

유찬은 놀라울 게 없다는 듯이 고개를 저었다.

"야, 차도영 좀 앉아봐."

"오케이."

유찬의 말에 딴지를 걸지 않고 앉은 도영은 선우가 건네는 CD를 넘겨받았다.

탑보이즈의 데뷔앨범 '미라클'의 CD.

그 위에 멤버들이 일일이 싸인을 할 예정이었다.

문제는.

수북이 쌓인 앨범을 확인한 선우의 동공이 살짝 흔들렸다.

의미심장한 한마디가 선우의 입에서 튀어나왔다.

"이거 삼백 장밖에 안 돼."

"에이, 겨우 삼백 장이야? 한 오백 장은 끄떡없다. 다, 들어와. 들어와."

자신감이 넘쳐흐르는 유찬이 손짓하며 피식 웃음을 흘렸다.

앨범을 수십 장씩 모아가면서 팬 미팅에 당첨되기를 고대하는 팬들도 있다. 그런 팬들을 위해서 삼백 장 싸인쯤이야 아무렇지 않다.

그런데.

"…얼마 안 남았네!"

"형, 백 장 넘게 남은 거 같은데."

"백 장밖에… 안 남았네."

유찬은 욱신거리는 손목을 돌리며 바닥에 엎드렸다.

고작 백 장쯤이야 괜찮다며 허세를 부리면서도 얼마 지나지 않아 급격히 말이 줄어든다.

'힘든가 보네.'

상준은 못 말린다는 듯 혀를 차며 유찬을 힐끗 돌아보았다.

끙끙대면서도 한 장 한 장 정성을 담아 싸인하는 유찬이다.

"내가 싸인도 새로 만들었거든. 간지 나지?"

"아니."

생글거리면서 싸인을 들이미는 유찬에 도영이 단호하게 고개를 젓는다.

"야, 내 싸인이 뭐 어때서."

"까마귀나 위에 그려놔. 그러면 좀 나을 듯."

"야, 까마귀 삼백 마리는 못 그려……."

이미 팔이 반쯤 빠진 것 같다고 울상이 된 얼굴로 덧붙이는 유찬이다.

열심히 막대 사탕을 오물거리던 제현이 거기에 대고 비수를 꽂았다.

"형."

"어?"

"팔은 그렇게 쉽게 안 빠져."

"……."

제현이 자신감을 찾은 뒤로 냉정함이 배가되었다며 중얼대는 유찬.

선우는 기특하다는 듯 제현의 어깨를 토닥이며 말을 뱉었다.

"이야, 막내. 똑똑하네. 그런 것도 알고."

"형, 대체 어떤 포인트가?"

"세상에, 싸인도 잘하네."

막내만 편애한다고 투덜대는 유찬을 챙기는 건 상준의 몫이다.

상준은 CD 이십 장을 더 얹어주며 유찬을 격려했다.

"파이팅!"

"나… 집 나갈 거야."

진심이 느껴지는 유찬의 말에 웃음을 흘리던 상준은 제현의 싸인 CD를 확인하고는 놀란 얼굴이 되었다.

'싸인도 잘하네.'

불과 3분 전에 선우가 내뱉었던 말의 의미가 이해가 되지 않는 순간이었다. 도영과 유찬의 싸인이 박혀 있는 CD. 그리고 새롭게 추가된 것이 제현의 싸인인데.

[이제현].

"뭔 싸인이 이렇게 솔직해?"

"어때?"

이름 석 자를 떡하니 박아놓다니.

이건 싸인이 아니라 서명 수준이다.

해맑게 올려다보고 있는 막내를 향해 악담을 할 수는 없었던 터라, 상준은 어색한 미소를 지어 보였다.

"이야, 대박… 이네."

"상준이 형 동공 흔들리는 소리 들린다."

"어, 나도 들었어."

그때를 틈타 파고드는 도영과 유찬의 예리한 지적에 상준은 헛기침을 했다.

"크흠. 켁… 켁!"

그 순간.

띠리릭.

표정 관리에 한계를 느끼던 상준을 위한 구세주가 등장했다.

문을 열어젖히고 들어온 건 송준희 매니저.

"매니저님!"

옆에서 빤히 바라보고 있는 제현의 시선을 피해 상준이 벌떡 일어섰다.

송준희 매니저가 떨떠름한 표정으로 상준을 응시했다.

"뭐야, 얘 왜 이렇게 반가워해……?"

"팬 미팅 현장 가면 될까요?"

송준희 매니저가 말을 꺼내기도 전에 선수를 치는 상준이다.

송준희 매니저는 적극적인 상준을 보곤 얼떨결에 고개를 끄덕였다.

"그… 그렇지."

힘찬 상준의 목소리가 숙소에 울려 퍼진다.

"자자, 갑시다!"

"……."

"어서어서!"

*　　*　　*

"와."

쇼케이스 현장보다 조금 더 아기자기한 형태로 갖춰진 무대.

상준은 탄성을 뱉어내며 주변을 두리번거렸다.

영화관에 온 듯한 푹신한 의자들과 삼백 석가량 팬들을 위해 마련된 자리. 저 자리에 사람들이 모두 들어찬다면.

"좋네."

상준은 미소를 지으며 나직이 뱉었다.

데뷔를 한 후 무대를 여러 번 서게 되었지만, 첫 무대의 설렘만큼은 여전히 간직하고 있었다.

그리고, 지금 이 자리에서.

상준은 그 설렘을 다시 느끼고 있었다.

"다들 한번 살펴보고, 추가하고 싶은 거 있으면 편하게 말해. 실장님이 너네 의견 있으면 전해달라셔."

멤버들을 돌아본 송준희 매니저가 미소를 지으며 말했다.

포근하고 안락한 구조의 무대.

팬들과 함께 시간을 보내기 더할 나위 없이 완벽한 곳이라는 생각에, 멤버들은 만족스러운 눈빛으로 의자에 앉았다.

"오, 푹신해."

"나도, 나도."

"무대 잘 보이네."

저마다 조잘대며 현장을 꼼꼼히 살피는 멤버들이다.

하지만, 단순한 감상일 뿐 무대를 분석적으로 살필 수 있는 눈이 있을 리가 없었다.

"자, 다들 둘러봤으면 다음에 올까?"

송준희 매니저가 멤버들을 챙기며 물음을 던진 순간.

"매니저님."

무대의 구조를 훑어보고 있던 상준이 송준희 매니저를 찾았다.

소중한 시간을 내어 오는 팬들을 위해서, 상준이 준비할 수 있는 마지막 배려.

「무대의 설계자」.

상준의 손에 새하얀 빛이 내려앉았다.

한 손에 들어갈 법한 조그마한 책.

상준은 책을 주머니 속에 밀어 넣고선 무대를 훑었다.

"이쪽 조명이 좀 센 거 같아서요."

"아, 그래?"

상준의 한마디에 무대를 확인하는 송준희 매니저.

"그리고, 중간에 요리하는 거 들어가니까 동선을 이쪽에 확보해 주시면 더 좋을 것 같아요."

생생하게 눈앞에 그려지는 무대.

"이쪽은 좀 가려지는 것 같고."

팬들이 앉을 만한 위치와, 멤버들이 설 자리까지.

모두 계산을 마친 상준이 술술 늘어놓는 말에 송준희 매니저의 두 눈이 동그래졌다.

'뭐지.'

멤버들의 의견을 구한 건 맞지만 이렇게 전문적인 지식까지 바랐던 건 아닌데. 중간중간 쏟아져 나오는 기발한 아이디어에 놀랄 수밖에 없었다.

"두 번째 파트에서 배치는 이런 식으로 들어가면 어떨까요."

'괜찮다.'

아이돌 멤버가 아니라 전문 스태프를 옆에 붙여두고 있는 미묘한 기분.

송준희 매니저는 속으로 감탄을 거듭하며 고개를 끄덕였다.

"지난번에 제가 댓글을 봤는데, 너무 강한 조명은 온탑분들이 별로 안 좋아하셔서. 시야가 가려지나 봐요. 아, 그리고 이쪽에는……."

거기에 팬들을 위한 세심한 배려까지.

상준의 말을 묵묵히 듣고 있던 송준희 매니저는 피식 웃음을 흘렸다.

"그래, 알았다."

송준희 매니저는 너털웃음을 터뜨리며 말을 이었다.

"한번 제대로 가보자고. 최고의 팬 미팅이 될 테니까."

스스럼없는 그의 한마디에, 상준 역시 미소를 지어 보였다.

"좋네요."

*　　　*　　　*

"후아. 후아, 진짜 떨린다."

도영이 거친 숨소리를 내뱉으며 오두방정을 떨고 있었다.

평상시 같았으면 왜 시끄럽게 구냐고 핀잔이라도 던질 유찬이었지만, 이번만큼은 아니었다. 유찬 역시 도영만큼이나 떨고 있었으니까.

"아, 신난다."

단체로 긴장한 멤버들과 달리 한없이 해맑은 막내.

제현은 도영이 뽑아 온 자료들을 살피면서 생글거리고 있었다.

"야, 넌 뭐가 그렇게 태연하냐."

"어?"

"아니다, 됐다."

팬 미팅이 아니라 그래미 어워드 시상식에 가서도 막대 사탕이나 물고 있으며 생글거릴 제현이다.

도영은 포기했다는 듯이 말을 돌렸다.

"너, 이 자료 다 외워야 돼."

"무슨 자료인데?"

아침부터 고급 자료라며 JS엔터까지 가서 뽑아달라고 아우성을 쳤던 도영이다. 상준은 호기심 가득한 표정으로 도영의 자료를 확인했다.

그런데.

"이게… 뭐냐?"

팬들이 자주 사용한다는 주접용 멘트들.

팬 싸인회에서 팬들을 마주할 때 꼭 이해해야 하는 멘트들이라며, 도영은 자료의 중요성을 강조했다.

"형, 별자리가 뭐야?"

"내 별자리? 물고기자리일걸."

"아. 그거 별자리 이름 바뀐 거 알아?"

"뭘로?"

느닷없이 그건 왜 묻냐는 듯 상준이 도영을 돌아보았다.

그런 도영의 입에서 끔찍한 말이 흘러나왔다.

"…내 옆자리."

"아흑."

뒤에서 곧바로 유찬의 곡성이 들려온다.

유찬은 이미 여러 번 들었는지 귀를 막고 앉아 있었다.

"아, 그래?"

바로 주먹이 날아올 줄 알았건만, 상준은 의외로 온화한 표정을 짓고 서 있었다.

도영은 답답하듯이 가슴을 치며 고개를 저었다.

"형, 이렇게 반응 노잼으로 하면 안 된다니까. 형, 팬들이 이런 말 하면 멍하니 서 있을 거야?"

친절한 온탑이분들이 도영처럼 소름 돋는 말을 할 리가 없다.

상준은 한없이 담담한 목소리로 말을 뱉었다.

"아이고, 차도영이 맞는 말만 하네."

"그래, 다 맞는……."

"처맞는 말."

아아악.

곧바로 도영의 외마디 비명이 울려 퍼졌다.

"후우."

도영을 응징하고 온 상준은 경악한 표정으로 혀를 내둘렀다.

저런 것까지 공부해 가다니.

같은 열정이긴 한데 영 쓸데없는 방향으로 흐르고 있다.

그러거나 말거나.

"야, 이제현 따라 해봐."

도영은 한결같은 표정으로 제현에게 주접용 멘트들을 가르치고 있었다.

"싫어."

"…막대 사탕 꽂다발 사줄게."

"따라 할게."

도영을 따라 열심히 연습에 들어간 제현.

"제현아, 지구가 뭐라고?"

"반으로 접혔다고."

"뭐 때문에?"

"막대 사탕 때문에."

"아니, 그건 또 무슨 헛소리야."

제현을 가르치는 게 답답했는지 도영이 머리를 싸매기 시작했다.

상준은 피식 웃음을 흘리며 못 말린다는 듯이 혀를 찼다.

"저런 게 뭐가 중요하다고."

상준은 어이없다는 듯이 도영의 말을 흘려들었다.

하지만 이때의 일을 곧 후회하게 될 것이라는 걸.

상준은 차마 알지 못했다.

*　　　*　　　*

은은한 조명이 내려앉은 소규모의 공연장.

상준은 떨리는 표정으로 발을 내디뎠다.

기다리고 고대하던 팬 미팅 당일은 끝내 찾아왔다.

"와아아아!"

"꺄아아아악!"

삼백 석을 가득 메우고 있는 함성이, 지금 이 상황이 한낱 꿈이 아니라는 증거였다. 상준은 미소를 지으며 커튼을 걷었다.

"와아아아아!"

"탑보이즈! 탑보이즈! 탑보이즈!"

아까보다 거세지는 함성 소리.

귓가를 쉴 새 없이 때려대는 환호성 앞에서, 상준은 마이크를 손에 쥐었다.

"안녕하세요, 온탑 여러분."

"나상준! 나상준!"

그다음으로 모습을 드러내는 멤버들.

한 명씩 무대 위로 오를 때마다 팬들의 탄성이 이어졌다.

온몸의 세포가 깨어나는 것만 같은 환상적인 광경.

함성 소리에 한참을 취해 있던 도영이 먼저 말을 이었다.

"이렇게 찾아와 주셔서 감사해요."

사회자 없이 멤버들이 직접 진행하는 팬 미팅.

조승현 실장이 조금은 걱정했던 부분이지만, 이렇게 된 이상 확실히 보여주고 싶었다.

「위대한 언변술」.

이 재능도 있으니 문제 될 게 없다.

자신감에 가득찬 상준의 목소리가 무대를 휘어잡았다.

"자, 온탑 여러분!"

"와아아아!"

"저희 첫 번째 코너가 뭐죠?"

"아, Q&A 코너라고 들었습니다. 크으, 되게 기대되는데요?"

상준의 능숙한 진행을 곧바로 리액션과 함께 받아치는 도영이다.

상준은 흐뭇한 미소를 지으며 준비해 둔 종이 상자를 들고 왔다.

"허억, 엄청 많네요."

팬 미팅 입장 당시에 삼백 명의 팬분들에게 받은 걸 모아둔 상자이니, 당연히 질문이 많을 수밖에 없었다.

선우가 미소를 지으며 가만히 있던 제현을 앞으로 세웠다.

"한번 뽑아볼래요?"

"네."

망설임 없이 상자를 향해 손을 뻗는 제현.

두 번 접힌 종이 하나가 제현의 손끝에서 끌려 나온다.

제현은 슬쩍 종이를 펼쳐 보고는 곧바로 가렸다.

"왜, 뭔데, 뭔데."

"엄청난 질문이에요?"

다짜고짜 본인만 보고 숨겨 버리니 호기심이 일 수밖에 없다.

제현은 심각한 표정으로 조심스레 입을 열었다.

"이거 저한테 온 질문이에요."

"뭐길래 그러지?"

도영이 의아한 눈빛으로 제현을 빤히 바라보자, 제현이 힘겹게 질문을 읽어 내려갔다.

17년 인생 중에서 가장 어려운 질문.

"막대 사탕이 좋아요, 멤버들이 좋아요?"

"이야, 이거 누가 질문했어요."

"질문이 아주 찰떡이네."

질문을 듣자마자 멤버들 모두 웃음을 터뜨렸다.

맨날 막대 사탕을 달고 사는 제현을 본 어떤 팬이 던진 질문인 모양인데, 웃고 있는 멤버들과 달리 제현의 표정은 마냥 심각했다.

"으음……."

"야, 너 왜 고민하냐?"

유찬이 짐짓 삐진 표정으로 제현에게 타박을 던졌다.

도영은 건수를 물었다는 듯이 제현에게 덤벼들었다.

"이야, 우리 사탕한테도 밀리는 거야?"

"막내 사당 하나면… 형들이 이거."

한참 동안 고민 끝에 도출해 낸 결론이 그거라니.

상준은 피식 웃음을 터뜨리며 혀를 내둘렀다.

"꽃다발이었으면 저희가 졌겠네요."

"……."

그 와중에 부정은 하지 않는 제현이다.

선우는 진심으로 서운하다며 투덜댔지만 제현은 한없이 해맑은 얼굴로 다음 질문을 집었다.

"어, 이건 유찬이 형 거네요."

아직 서툴긴 하지만 열심히 진행을 이어가는 막내다.

선우는 흐뭇한 미소로 제현의 진행을 살폈다.

그런데.

"멤버들 중에서 가장 잘 삐지는 사람은 누구인가요?"

"아."

아무 생각 없이 고개를 끄덕이던 유찬은 당황한 낯빛으로 제현을 돌아보았다. 처음엔 평범한 질문이라고 생각했는데, 곰곰이 생각해 보니 여간 이상한 게 아니다.

다급한 유찬의 목소리가 울려 퍼졌다.

"야, 근데 이게 왜 내 질문이야?"

"써 있어요."

제현은 당당한 표정으로 질문지를 들었다.

분명 멤버들 단체에게 묻는 질문 같은데 왜인지 대상자가 정해져 있다.

질문의 의도를 파악한 팬들에게서 웃음이 튀어나왔다.

"푸흡."

도영 역시 웃음을 참지 못한 채 신나서 말을 얹었다.

"이야, 정확히 보셨네요."

"뭔 소리죠, 이게. 저만 이해 못 한 건가."

아무래도 유찬 혼자 이해를 못 한 모양이었다.

멤버들의 시선이 모두 유찬에게 고정되어 있었으니.

선우가 대놓고 제현을 챙겨줄 때도, 도영이 얼핏하면 까마귀 소리로 놀릴 때도.

'나… 집 나갈 거야.'

한두 번 그런 게 아니었으니 그러려니 하는 멤버들이었다.

"아, 팬분들마저 이렇게 인정해 주시다니. 정말 감격스럽네요."

이때다 싶었는지 도영이 생글거리며 마이크를 잡았다.

유찬을 놀리는 데 있어서 둘째가라면 서러울 도영이 이 타이밍을 놓칠 리 없었다.

"내… 내가 뭐 어때서!"

유찬은 거칠게 항변했지만, 이미 팬들이 지어준 별명이 유찬의 성격을 증명해 내고 있었다.

"어떻긴 뭘 어때."

첫 인상은 마냥 카리스마 있을 줄만 알았는데, 그 못지않게 종종 삐지는 성격 때문에 '유찬이 또 삐졌다'를 줄여서 유또삐라고 불리고 있었다.

도영은 능청스럽게 말을 이었다.

"에이, 괜히 유또삐아라는 말이 있는 게 아니죠."

"탑보이즈 이상의 랜드, 유또삐아."

"예에에, 유또삐아."

거기다 자연스럽게 말을 얹는 상준까지.

붉게 달아오른 유찬의 얼굴을 확인한 상준이 다급히 다음 질문을 집었다.

"아이고, 다음 질문이 있네요."

"하."

이미 삐진 것 같아 보이지만.

다행스럽게도 그다음 질문은 상준을 향해 있었다.

아리랑부터 헤비메탈까지. 다양한 무대를 보여줬던 그의 다음 무대를 궁금해하는 질문.

"네, 이 질문은요……."

「위대한 언변술」.

한 치의 흔들림도 없이 팬들이 건넨 질문을 침착하게 받아친 상준은 그다음 질문을 집었다.

"오, 이건 제 질문이네요."

"이건 저네요."

도영, 유찬, 제현, 상준까지.

질문들을 다양하게 돌아가면서 나왔지만, 유독 선우를 위한 질문은 보이질 않았다.

"선우 형 거 찾아볼게요."

그렇게 상준이 열심히 질문들을 뒤적이고 있던 중.

'빨리. 빨리.'

구석에서 송준희 매니저의 싸인이 보였다.

손으로 오케이 싸인을 보낸 상준은 고개를 돌렸다.

"저희 이제 무대를 보여 드려야 하는데요."

"아, 모닝콜 무대요?

선우의 얼굴에 알 수 없는 빛이 잠시 스쳐 지나갔지만, 이내 원래의 표정으로 돌아왔다.

"시작할게요."

상준의 한마디와 동시에 내려앉는 어둠.

익숙한 모닝콜의 전주가 흘러나오자마자 팬들은 열광했다.

공식 음악방송에서의 모닝콜 무대도 끝난 상황.

사실상 정식으로 이 무대를 보여주는 건 오늘이 마지막이었기 때문이었다.

아침을 깨우는 소리 잠에서 일어나

너로 인해 시작하는 하루

넘쳐흐르는 도영의 끼가 무대를 시작했다.

무대를 거듭하면서 더 여유로워진 목소리.

살짝의 애교가 더해진 도영의 도입부가 끝나고, 감성적인 유찬의 랩이 이어진다.

너의 목소리는 아침 햇살 같아

날 깨우게 해

친천히 무대 중앙으로 다가와 노래를 부르는 상준.

부드러운 목소리가 이어지자마자, 팬들 사이에서 탄성이 튀어나온다.

제현의 파트가 끝나고 나서 시작되는 선우의 랩 파트.

랩을 무난히 끝나고 자리를 뜨던 순간.

'앗.'

제현과 동선이 꼬여 버린 선우가 뒤에서 부딪히고 말았다.

음악방송에선 한 번도 한 적 없었던 실수였지만, 이렇게 팬들 앞에서 보여주고 싶지는 않았는데.

'아.'

선우는 살짝 굳어진 표정으로 남은 파트를 이어갔다.

그럼에도 불구하고 전체적으로 괜찮게 끝난 무대.

중간의 선우의 실수가 있긴 했지만, 팬들은 격려의 박수를 쏟아냈다.

"와아아아!"

I wanna hear your voice

오늘도 하루를 기분 좋게 시작해

"후아."

"정말 대박이었죠."

선우의 실수를 보지 못했던 상준과 도영은 해맑은 표정으로 말을 뱉었다. 열정 가득한 무대를 펼치다 보니, 무대 한 번이 끝날 때마다 거친 숨을 몰아쉴 수밖에 없다.

"으어."

상준은 싱긋 미소를 지으며 마이크를 다시 잡았다.

"후, 온탑분들."

"와아아아!"

팬 미팅 1부에서 간단한 Q&A 퀴즈와 함께 무대를 펼쳤으니.

이제 2부에선 상준이 직접 나서야 했다.

"제가 여러분들을 위해서 준비한 게 있는데요."

「열정 가득 요리 천재」.

팬들을 위해 재능을 선보일 생각에 마냥 즐거웠던 상준.

상기된 목소리로 말을 이어가기 시작했다.

"제가 오늘 특별히……."

쉴 새 없이 말을 쏟아내던 상준의 시선이 잠시 선우에게 닿았다.

그런데.

"어?"

미소를 지으며 서 있던 선우의 어깨가 왠지 모르게 축 처져 보였다.

'기분 탓인가.'

"네. 한번 보여 드리도록 하겠습니다."

이를 대수롭지 않게 넘긴 상준은 웃으며 말을 이었다.

*　　　*　　　*

끓어오르는 열기.

매콤하고 달달한 향이 코끝을 간질인다.

거기에 식욕을 자극하는 윤기 나는 비주얼까지.

'거기서 음식을 만든다고?'

'스타들의 레시피'에서 상준의 요리 실력을 확인했던 조승현 실장도 그 점에선 살짝 반대했었다.

'그것도 떡볶이로.'

수많은 팬들을 위해 조금씩만 나눠 준다 해도 엄청난 양 조절을 따로 할 수 있겠냐는 물음이었다.

자칫 오래 놔두면 굳어버리는 떡이기 때문에 신속함이 중요했다.

게다가 팬들을 오래 세워두고 요리를 할 수도 없으니.

'걱정했는데.'

걱정을 한 번에 날아가게 만드는 손놀림이다.

조승현 실장은 만족스러운 얼굴로 박수를 치며 한 걸음 뒤로 물러섰다.

'사회자부터 요리까지.'

멤버들을 믿고 맡기긴 했으나 걱정이 되지 않는다면 거짓말이었다.

그런데.

이렇게 보란 듯이 제대로 해냈다.

"역시."

조승현 실장은 미소를 지으며 탑보이즈 멤버들을 돌아보았다.

팬들이 몰려오는 와중에도 멤버들은 열심히 그들에게 종이컵을 하나씩 나눠 주고 있었다.

"여기요! 여기!"

"이야, 형 진짜 맛있어 보이는데?"

도영은 생글거리며 떡볶이를 한입 베어 물었다.

예상대로 적당히 매콤하면서도 자꾸만 손이 가는 맛이다.

도영은 줄을 선 팬들을 향해 엄지손가락을 치켜올리며 자랑했다.

"와, 여러분 진짜 대박이에요."

"대박, 대박."

선우 역시 부드러운 미소를 지으며 다가오는 팬들에게 인사했다.

쓰윽.

한 번에 떡볶이를 나눠 담은 상준이 앞으로 다가온 팬들을 향해 직접 종이컵을 건넸다.

"와아아아악!"

"와, 진짜 맛있어 보여요!"

"감사합니다."

직접 만든 음식들을 이렇게 팬들에게 건네줄 수 있다니.

소리를 지르며 기뻐하는 팬들을 보고 있으니 절로 미소가 지어진다.

"맛있게 드세요."

먼 거리에서 여기까지 자신들을 찾아와 준 팬들을 향한 고마움은 이루 말할 수가 없었다.

그런 팬들을 위해 준비했던 건데, 생각보다도 반응이 좋다.

"와, 진짜 맛있는데."

"우리 집 앞 분식집보다 훨씬 맛있어."
"이 정도면 장사해도 되겠는데."
옹기종기 모여 앉은 팬들이 웃음을 터뜨렸다.
오랜 대기 시간에 배가 고팠던 터라, 정말 술술 들어간다.
빠른 속도로 바닥이 나는 떡볶이를 보니 흐뭇한 미소가 지어진다.
오히려 너무 조금밖에 준비하지 못해 죄송할 따름이었다.
"여러분, 맛있게 드셨나요?"
어느 정도 상황이 정리가 되고 나서야 상준이 마이크를 잡았다.
지금까지 여러 팬들과 함께 팬 미팅을 즐겼다면, 이제 딱 하나의 순서가 남아 있었다.
바로 팬들을 일대일로 마주하는 팬 싸인회 시간.
"한 분씩 줄 서주세요."
"차례로 천천히 들어와 주세요."
스태프들의 안내와 함께, 탑보이즈의 팬 싸인회가 시작되었다.

* * *

팬 싸인회가 시작되자마자, 상준은 도영의 말을 떠올리며 후회했다.

'형, 이렇게 반응 노잼으로 하면 안 된다니까. 형, 팬들이 이런 말 하면 멍하니 서 있을 거야?'

완전 헛소리인 줄 알았는데.

실제로 그러한 멘트들을 치는 팬들이 있었던 것이다.

수줍은 미소로 다가온 고등학생 하나가 도영을 향해 예습해 두었던 멘트를 던졌다.

"허억, 물병자리 이름이 바뀐 거 알아요?"

"알지 알지. 내 옆자리."

"꺄아아아, 이거 아세요?"

"그럼요."

눈웃음을 지어가며 능숙하게 대화를 이어가는 도영.

상준은 도영의 놀라운 사교성 앞에서 다시 한번 감탄을 뱉었다.

'아, 잘해야 하는데.'

괜히 승부욕이 불타오른다.

상준은 침을 삼키며 도영을 힐끗 쳐다보았다.

팬들과 자연스러운 눈맞춤, 거기에 센스 있는 멘트들까지.

「위대한 언변술」.

이거 하나만 믿고 있었지만, 저 타고난 재능 앞에서는 밀릴지도 모른다는 불안감이 들었다.

'좀 외워둘걸.'

도영이 뽑아 온 자료를 대충 훑어버렸던 상준은 잠시 후회했다.

상준의 왼편에 앉은 유찬 역시 팬들의 눈높이에 맞춰 대화를 이어나가고 있었다.

"헤어스타일 바뀌었네요?"

파랑 머리로 인식되고 있었던 유찬의 대변신에, 대부분의 팬들이 그 얘기를 꺼내고 있었다. 유찬은 해맑은 목소리로 답했다.

"네. 좀 볶았어요. 어때요?"

"짜파게티 같아요."

"……."

분명 삐진 게 분명한 저 정적.

웃음을 터뜨리는 팬에 유찬이 심각한 표정으로 물어온다.

"진짜야?"

"엉."

단호한 제현이 도와줄 리 없다.

팬은 소리 없이 웃으며 유찬에게 말을 던졌다.

"까마귀 소리 내주세요."

"하. 짜파게티라고 해놓고 지금… 까악."

"꺄아아."

투덜거리면서도 시키는 대로 하는 유찬이다.

그런 유찬을 보며 생글대던 제현은 갑작스러운 꽃다발에 시선을 빼앗겼다.

"허억."

팬들이 지나갈 때마다 놓고 가는 막대 사탕 꽃다발.

어느덧 세 개나 된 꽃다발 앞에서 제현은 급기야 울먹이고 있었다.

이미 유찬을 놀리고 지나쳐 온 한 여자아이가 제현에게 물었다.

"진짜 꽃다발이 멤버들보다 좋아요?"

유찬의 예리한 눈빛이 제현에게 향한다.

그러거나 말거나.

제현은 조금의 고민도 없이 고개를 끄덕였다.

"네. 형들은 다 팔아넘겼어요."

"헐. 들었어요?"

제현의 대답이 기가 막히다는 듯 앞에 앉은 팬에게 서운함을 털어놓는 유찬이다.

막대 사탕 꽃다발 하나에 저리도 쉽게 넘어가는 모습이라니.

'못 말리네.'

상준은 피식 웃음을 흘리며 앞으로 시선을 고정했다.

빠르게 스쳐 지나가는 팬들에 정신은 없었지만, 한 명 한 명을 마주할 때마다 가슴속 비워진 무언가가 채워지는 기분이다.

'신기하네.'

여러 각지에서 온 팬들부터, 이미 직장에 다니고 있는 팬들. 열심히 학교에 다니고 있는 학생들까지.

생각보다도 훨씬 다양한 사연을 지닌 팬들이 상준의 앞에 서 있었다.

이번에는 수능이 끝나고 찾아온 팬.

"저 이번에 수능 만점 받았어요."

그것도 수능 만점을 받은 팬이다.

상준은 놀란 눈을 굴리며 되물었다.

"와, 진짜요? 그러면 과목마다 백 점인가?"

"탐구는 50점."

"아."

상준은 감탄과 함께 그런 팬들의 이야기들을 귀 기울여 들었다.

갓 대학생이 된 여자의 입에서 순수한 물음이 튀어나왔다.

"오빠는 수능 몇 점이었어요?"

수능 만점 팬의 해맑은 폭격에 상준은 잠시 두 눈을 끔뻑였다.

"그거… 불태웠어요."

"뭘요?"

"성적표요."

상준의 한마디에 곧바로 웃음을 터뜨리는 팬이다.

"에이, 오빠. 농담도 잘하시네."

'진짠데.'

상준은 흔들리는 동공으로 그녀를 빤히 바라보았다.

그 순간, 스태프의 목소리가 울려 퍼졌다.

"자, 다음."

다행이다.

하마터면 밑천까지 탈탈 털릴 뻔했다며, 상준이 나직이 안도하고 있던 사이.

"꺄아아아! 제가 당첨이 되어버렸지 뭐예요?"

"어……?"

익숙한 얼굴이 상준의 눈앞에 나타났다.

「드라마 인 드라마」 촬영을 마지막까지 함께했던 아린.

상준은 예상 밖의 익숙한 얼굴에 반가운 기색을 드러냈다.

"와, 여기까지 온 거예요?"

"그럼요."

그녀 역시 곧 수록곡 컴백을 앞두고 있는 시기다 보니 바쁠 텐데.

여기가지 찾아와 준 게 마냥 고마웠다.

상준의 싸인 한 장을 받고 난 아린이 작은 목소리로 속삭였다.

"제가 앨범… 50장 샀거든요."

"아……?"

"크으, 운이 아니라 실력인 거죠."

뻔히 아린의 주머니 사정을 아는데 50장이라니.

상준은 경악한 얼굴로 입을 벌렸다.

구매한 앨범 수에 따라 팬 미팅에 당첨될 확률이 높다 보니, 단순히 한두 장만 사는 게 아니라는 건 익히 들었지만.

이 정도일 줄은 몰랐다.

"경쟁률 엄청나요. 진짜."

"와."

상준은 벅찬 표정으로 미소를 지었다.

여기에 와준 팬들 모두 그런 정성으로 왔을 걸 생각하니 마음 한구석이 절로 따뜻해진다.

"저는 이만 가볼게요."

생글거리며 자리를 뜨는 아린에게 손을 흔들어주며, 상준은 다음 팬을 맞이했다. 팬 한 사람을 마주하는 데 겨우 몇 분의 시간도 주어지질 않으니. 그 사실이 마냥 미안한 따름이었다.

'사소한 한마디도 흘려듣지 않아야지.'

반복되는 팬들의 이야기를 듣다 보니, 어느덧 머릿속이 복잡해져 가고 있었다.

'어렵네.'

음악방송이나 예능 촬영을 뛰면서 몇 번이고 마주한 적이 있는 익숙한 얼굴들도 있었다. 혹여 그런 익숙한 얼굴들을 잊을까 봐 상준은 퍽 걱정이 되었다.

'기억해야겠다.'

좋아하는 연예인이 자신을 기억해 주는 것.

그걸 싫어하는 팬들이 있을 리가 없다.

이렇게 힘들게 자신을 보러 와준 팬들을 위해, 상준이 할 수 있는 유일한 것.

스르륵.

상준의 손에 새하얀 빛이 다시 내려앉았다.

성대모사 재능을 반납하고 대여한 재능은.

「안면 인식의 천재」.

상준은 눈앞에 앉은 모든 팬들을 외우겠다는 일념으로 열심히 눈을 반짝였다. 재능의 효과일까. 머리가 순식간에 맑아지는 기분.

그런 상준에게 익숙한 얼굴 하나가 다가왔다.

"어."

음악방송에서 여러 번 본 적이 있었던 얼굴이다.

재능 덕에 그녀와 관련된 기억이 빠르게 샘솟고 있었다. 항상 앞자리에 앉아 판넬을 들고 힘차게 응원의 함성을 외쳐주던 한 고등학생.

"반가워요."

상준은 미소를 지으며 학생을 반겼다.

"많이 봤어요."

"저, 기억하세요?"

예상대로 학생의 얼굴이 환희로 가득 차올랐다.

상준은 단번에 고개를 끄덕이며 답했다.

"네. 지난주에도 왔잖아요."

"와. 대박."

"저 머리 좋아요."

이건 조금 찔리긴 하지만.

상준은 속으로 헛기침을 내뱉으며 부드러운 미소를 지었다.

학교 야자 시간까지 빼먹고 왔다는 학생의 천진난만한 한마디가 상준을 미소 짓게 했다.

그 순간.

"아, 오빠. 제가 물어볼 게 있는데."

"네."

갑자기 심각해지는 표정.

어떤 물음인가 싶어, 상준 역시 진지한 얼굴이 되었다.

그런 학생의 입에서 튀어나오는 주접용 멘트.

"혹시 혼자세요?"

도영의 리스트에도 있던 그 멘트지만.

상준은 유감스럽게도 전혀 기억해 내지 못했다.

그러는 바람에, 상준의 생각은 뜻밖의 방향으로 흘러가 버렸다.

'연애 여부를 물어보는 건가.'

아이돌의 연애 문제.

아이돌도 사람이니 어쩌면 당연한 소리긴 하지만, 이 문제에 대해서는 민감해하는 팬들도 많았다.

더욱이 데뷔한 지 얼마 안 된 신인 아이돌의 입장에서는.

'실망시키지 말아야지.'

팬의 장난스러운 한마디가 입을 열던 순간.

"제 약혼……."

"혼자입니다."

쓸데없이 진지한 상준의 한마디가 흘러나왔다.

"네……?"

뒤늦게 당황한 학생이 얼떨떨한 표정으로 고개를 들었다.

상준은 거기에 대고 한층 심각한 얼굴로 덧붙였다.
"믿어주세요. 연애, 안 합니다."
"아."
이걸 이렇게 받아치다니.
옆자리에 앉아 있었던 도영은 짧은 탄식을 내뱉었다.
팬의 표정을 보니 여간 비묘한 게 아니다.
그녀의 표정을 잘못 해석한 상준은 다급히 말을 이었다.
"어, 설마 믿지 못하시는 건가요? 믿어주세요."
"푸흡."
"자, 다음."
스태프의 말 때문에 어쩔 수 없이 다음 차례로 넘어가야 했지만.
'아, 이건 대박인데.'
놀릴 거리를 포착한 팬의 두 눈이 반짝였다.
"파이팅……!"
'팬카페에 올려야겠다.'
주접용 멘트를 진지하게 받아치는 연예인.
근사한 놀림거리임이 분명하다.
돌아가면 팬카페에 썰을 올려놓을 거라고 다짐한 팬이 응원을 건네는 사이, 영문을 모르는 상준은 해맑게 손을 흔들었다.
"혼자예요! 혼자!"
"……."
같은 멤버지만 가끔은 부끄럽다.
도영은 고개를 숙이며 얼굴을 손으로 가렸다.
그런 도영과 상준의 눈에 동시에 들어온 한 여자.

'누구지?'

저 멀리서 회색 교복을 입은 한 학생이 걸어오고 있었다.

음악방송이나 현장에서 본 기억이 없는 뉴페이스인데.

사실 교복을 입은 학생이야 오늘 하루에도 수십 명을 봤으니 전혀 놀라울 구석이 없다.

하지만.

'표정이 왜 이렇게 안 좋지.'

좋아하는 연예인을 만난다는 설렘.

힘들게 이 자리까지 왔다고 하더라도, 모두들 지친 기색 없이 즐거워 보이는 얼굴이다.

그런 일반적인 팬들과는 달리 얼굴 위로 짙게 깔린 어둠에 자연스레 시선이 갈 수밖에 없었다.

"무슨 일로 왔어요?"

"보고 싶은 사람이 있어서요."

평범한 답변이긴 한데 영 무기력하다.

'다른 멤버의 팬인가.'

선우는 상처받은 얼굴을 내색하지 않으려 고개를 숙였다.

싸인을 대강 받고선 바로 옆으로 향하는 발걸음.

도영을 지나쳐 와서도 영 표정이 없어 보이는 얼굴이다.

"안녕하세요."

그런 그녀가 마침내 상준의 앞에 섰다.

애써 밝은 목소리로 인사를 건네보지만 아무 말도 돌아오지 않는다.

초췌해 보이는 얼굴에 상준은 조심스럽게 싸인을 건넸다.

"여기 싸인……."

그녀의 눈치를 살피며 고개를 들었을 때.

상준은 자신을 빤히 바라보는 시선에 당황했다.

"……."

말 한마디 없이 상준을 응시하는 눈빛.

무슨 말을 꺼내야 할지, 전혀 짐작도 가지 않던 순간.

"진짜… 닮았네요."

주르륵,

그녀의 눈에서 투명한 눈물이 흘러나왔다.

*　　　*　　　*

"네……?"

상준은 떨리는 목소리로 입을 열었다.

자신을 빤히 바라보고 있는 학생.

하지만, 그 눈빛은 자신이 아닌 그 너머의 누군가를 향한 듯한 느낌이었다.

설마.

"죄… 죄송합니다."

학생은 눈물을 닦으며 자리에서 급하게 일어나려 했다.

"갑자기 울어버려서. 진짜 이러려던 게 아니었는데. 죄송해요, 죄송……."

"아닙니다."

텔레비전에서 비치는 상준의 얼굴을 볼 때마다, 언제 한번 꼭 찾아오고 싶다는 생각만 했었다.

그를 보러 오는 게 아니라 상운을 보러 오는 거겠지만.

'이기적인 생각이지.'

그걸 스스로도 알고 있지만, 미련이 가시질 않았다.

차마 놓지 못했던 그 집착 탓에 여기까지 끌려오게 되었지만.

"너무… 보고 싶어서."

"……."

이렇게 주책맞게 눈물을 흘리고 싶지는 않았다.

학생은 옷소매로 눈물을 훔치며 상준을 올려다보았다.

화낼 줄 알았는데. 아니, 최소한 당황한 표정으로 왜 그러냐고 따질 줄 알았는데.

"괜찮아요."

상준은 흐릿한 미소를 지으며 자신을 바라보고 있었다.

모든 걸 이해한다는 눈빛.

'상운이 때문이겠지.'

그녀가 느끼고 있는 그 감정을, 상준 역시 오롯이 가지고 있었다.

그렇기에 부드러운 한마디가 흘러나왔다.

"저희가 보고 싶어 하는 거, 걔도 알 거예요."

"……."

쉴 새 없이 흘러나오는 학생의 눈물.

어느덧 상준의 눈시울도 붉어지고 있었다.

말없이 웃어주는 모습조차도 상운을 닮아서, 감정은 쉽사리 진정되지 않았다.

'데뷔하고 싶거든요. 여러분, 저 응원해 주실 거죠?'

'네에에!'

'데뷔하면 저 진짜 잊으시면 안 돼요? 알겠죠?'

늘 생글거리며 JS 엔터를 밝혔던 상운이다.

블랙빈의 데뷔조에 오르기 전에도 오디션 프로를 통해 인지도가 있었고.

팬덤을 모으기 위한 JS 연습생 리얼리티 때도 단연 압도적인 지지를 받았던 그였다.

'데뷔하자! 데뷔하자!'

팬 서비스, 열정, 그리고 재능까지.

하나도 빠짐없이 갖춘 모습에 연습생임에도 팬덤이 두툼했던 상운.

블랙빈 초기 팬들이라면 연습생 리얼리티를 함께했던 상운을 기억하고 있었다.

"꼭… 언젠가. 돌아와 줬으면 좋겠어요."

연습생 리얼리티 때 보여준 해맑은 미소처럼.

함께 있을 때 훨씬 밝았던 녀석이다.

상준은 울먹이며 고개를 끄덕였다.

"그럴 거예요."

상준은 흐릿한 미소를 지으며 학생이 건네는 조그마한 종이 상자를 건네받았다.

상자 속 내용물을 확인한 상준의 두 눈이 동그래졌다.

"학인데요. 요즘 이런 거 누가 선물하냐고 그래서……. 제가 준비해 봤거든요."

한 마리도, 두 마리도 아니고. 무려 천 마리의 학이다.

"이걸 다 접은 거예요?"

"네."

슬픈 미소로 말을 잇는 학생.

조그마한 손으로 천 마리의 학을 접었을 생각을 하니 마냥 고맙다.

상준은 떨리는 손으로 상자를 쥔 채 학생과 눈을 마주했다.

"전해주세요."

예상했던 한마디.

상준은 미소를 지으며 힘차게 고개를 끄덕였다.

"다음엔. 상운이도 데리고 올게요."

지킬 수 있는 약속일지는 모르겠지만.

학생을 위해서, 그리고 자신을 위해서라도.

꼭 지켜주고 싶은 약속이었다.

"자, 다음."

여느 때처럼 이어지는 스태프의 말을 끝으로 학생은 다시 멀어져 갔다.

서서히 마무리되어 가고 있는 팬 싸인회.

찰나의 순간, 상준의 시선이 허공에 닿았다.

'보고 있냐.'

병실에 찾아갈 시간도 없어서, 이 학은 조금 보관해 둬야 할 것 같지만.

다시 만나게 되면 이 학과 함께 꼭 전해주고 싶었다.

어서 돌아오라고.

'기다리는 사람들이 있으니까.'

* * *

"학……."

팬들에게 수많은 선물들을 받았지만, 학생에게 건네받은 학만큼은 잠시도 손에서 뗄 수가 없었다.

상준은 부드럽게 상자를 감싸 쥐며 차에 올라탔다.

"그게 뭐야?"

"어. 선물."

상준은 흐릿한 미소를 지으며 도영에게 답했다.

굳이 자세한 얘기를 전할 필요는 없다는 생각에, 상준은 그쯤에서 말을 멈췄다.

그런데.

"동생이야?"

"어?"

"그 학, 그런 의미인 것 같아서."

아까 상준이 나누던 대화를 들었는지, 도영이 안타까운 눈빛으로 입을 열었다. 상준은 대답 대신 천천히 고개를 끄덕였다.

무슨 말을 꺼내야 할까.

잠시 고민하던 도영은 조심스레 입을 열었다.

"아마 잘 있을 거야. 좋은 형을 둬서."

"내가?"

"뭐, 우리 형보단."

혀를 차며 내뱉는 도영의 말에, 상준은 피식 웃음을 터뜨렸다.

이 말을 들었다면 분통을 터뜨렸을 은수가 눈앞에서 그려졌다.

"야, 그러면 차은수가 안 슬퍼하냐."

"형의 반만 되었어도 좋았을 텐데. 그쪽은 안 그래."

이 세상 단호함이 따로 없다.

도영의 능청스러운 한마디에 가라앉아 있던 분위기가 조금은 올라갔다.

"아, 맞다."

잠시 휴대전화를 뒤적이던 도영이 다시 고개를 들었다.

"이거, 이거 봤어?"

호들갑을 떠는 도영의 눈빛이 왠지 의미심장하다.

그것도 유찬을 정확히 향하는 눈빛.

'또 싸우겠구만.'

분명 건수를 잡은 듯한 장난스러운 눈길에, 상준은 흥미진진한 표정으로 둘을 번갈아 바라보았다.

그런 상준의 예상대로, 도영이 해맑게 시비를 걸기 시작했다.

"영상 떴네. 탑보이즈 팬 미팅 까마귀 영상."

"…그건 또 뭐야."

잠시 당황한 얼굴로 눈을 끔뻑이던 유찬은 영상을 확인하고 선 굳었다.

—까마귀 소리 내주세요.

—하. 짜파게티라고 해놓고 지금… 까악.

이보다도 빠른 태세 전환이 있을까.

도영은 깔깔대며 배를 잡았다.

"이야, 엄유찬. 너 그렇게 안 봤는데. 시키는 대로 잘하는구나?"

"하."

"야, 그러면 또 삐진다. 쟤."

붉게 달아오른 얼굴을 보니 폭발하기 직전이다.

자신의 불행은 고통스럽지만 남의 불행은 마냥 즐겁다.

상준 역시 적극적으로 유찬을 놀리는 데 말을 얹었다.

"얘가… 진짜 열심히 하더라고."

"그러엄. 유찬이가 성실하지."

상준과 도영이 유찬을 약 올리며 대화를 주고받는 사이.

유찬의 옆자리에서 막대 사탕 꽃다발을 들고 좋아하던 제현이 슬그머니 고개를 돌렸다.

"으음."

"야, 너 뭐 해?"

살짝 곱슬기가 있는 유찬의 머리를 돌돌 말고 있는 제현.

어차피 짧아서 제대로 말리지도 않는 길이라지만.

"아악, 아프잖아. 너 뭐 해!"

황당한 표정으로 비명을 지르는 유찬을 향해, 제현이 비수를 꽂는다.

"짜파게티."

"와, 제현이가 두 번 죽이네."

가끔 보면 해맑은 막내가 가장 무섭다.

정신없이 웃던 상준은 묘한 분위기에 고개를 돌렸다.

원래 이쯤이면 제현의 곁에서 선우가 자연스레 편을 들어줄 때였다.

그런데.

'왜 그러지?'

무표정으로 앉아 있는 선우가 눈에 들어왔다.

되짚어보니 저 표정을 본 게 지금이 처음이 아니다.

팬 미팅 중간에도 묘하게 굳어 있던 얼굴.

'무슨 일이 있나?'

상운의 일이 떠올라 잠시 가라앉아 있었던 상준을 제외하고는, 모두들 들떠 있었다.

인생 첫 팬 미팅.

자신을 좋아해 주는 팬들을 직접 만나는 자리였기에 당연히 설렐 수밖에 없었다.

'지친 건가.'

하도 수많은 사람들을 스쳐 가다 보니, 열성이 넘치는 상준조차도 살짝 진이 빠진 기분이다. 너무 열심히 하루를 뛰었던 탓에 잠시 지친 거라면 충분히 가능하다.

"야, 지선우."

선우를 돌아보며 말을 꺼내려던 순간.

"와아아, 형 이거 봐봐? 진짜 이랬어?"

"어?"

도영의 오두방정이 앞을 막았다.

"저는 혼자예요. 연애는 하지 않아요!"

"……."

팬 싸인회 때 팬의 주접용 멘트를 알아듣지 못해 실수했던 상준.
정확히 말해서, 상준은 뭐가 잘못되었는지도 아직 모르고 있었다.
"뭐가? 왜?"
팬카페 인기 게시 글까지 오르면서 난리가 난 댓글들.
상준은 의아한 표정으로 댓글에 시선을 빼앗겼다.

—ㅋㅋㅋㅋㅋㅋㅋㅋㅋㅋ
ㄴ뭔데 진지해
ㄴ너무 진지해서 아무 말도 못 하고 왔어요ㅠㅠ
—그 혼자가 아니란 말이야……!
ㄴ약혼자란 말야ㅠㅠㅠㅠ
ㄴ이거 미리 차단한 거임
ㄴ헉. 칼같네 상리랑ㅋㅋㅋㅋ
—연애 안 한대. 다들 소리 질러어어
ㄴ안 믿어어어어
ㄴ난 믿어ㅠㅠ 흑흑…….
ㄴ표정이 너무 해맑아서 웃김ㅋㅋㅋㅋㅋㅋㅋㅋ
ㄴㅇㅇ 저건 찐 텐션이란 말야
ㄴ정말 진심 같았어

"이게… 뭔 소리야?"
댓글을 보고도 제대로 이해가 되지 않는다.
상준이 묻자마자 도영은 혀를 차며 아침에 보던 종이를 건넸다.
"자, 내가 공부하랬지!"

"허억."

"이거 기출이야. 다른 팬 미팅에서 다 조사해 온 거라니까?"

자주 쓰이는 멘트들까지.

제법 체계적으로 표시되어 있다.

상준은 절망적인 표정으로 고개를 숙였다.

뒤늦은 후회였지만 이미 때는 늦었다.

"외워둘걸."

"에이, 지금이라도 외워."

선심을 쓴다는 듯이 종이를 넘겨주는 도영.

상준은 진지한 표정으로 뒤늦게 멘트들을 분석하기 시작했다.

넘쳐흐르는 열정만큼이나 심각한 얼굴.

"뭐 하냐……."

굳이 저런 거에 저렇게 열심일 필요까지야.

"그냥 흑역사 만들었다고 생각해. 짜파게티보단 낫잖아."

유찬은 혀를 차며 말을 더했다.

순수한 이미지라며 당분간 팬들이 놀리긴 하겠지만, 여기저기서 타박을 받고 있는 자신의 헤어스타일보단 훨씬 나아 보였다.

유찬은 울적한 표정으로 거울을 살폈다.

"흐음."

"……."

"진짜 짜파게티 같나."

"에이, 농담이지. 완전 괜찮아."

도영이 덧붙이는 말에 바로 얼굴이 밝아지는 유찬이다.

"사실 짜장면 같… 아악!"

그럼 그렇지.

곱게 칭찬해 줄 리가 없다.

좁은 차 안에서 투닥대는 멤버들을 룸미러로 확인한 송준희 매니저가 주의를 줬다

"얘들아, 얌전히."

"넹."

"네에……."

서로 죽어라 노려보면서도 금세 조용해지는 멤버들이다.

그렇게 대강 진정되나 싶었는데.

꼬르륵.

제현이 침을 삼키며 고개를 들었다.

막대 사탕 몇 개로 속을 달래기엔 오늘 하루 종일 너무 무리했다.

무대부터 미니 게임에, 팬들을 위한 싸인회까지.

잠시도 쉴 틈이 없었다.

고로, 제대로 먹지도 못했고.

"배고프다."

제현이 울상이 된 얼굴로 유찬을 돌아보았다.

"짜장면 먹고 싶다."

"그, 그걸 왜 나를 보면서 얘기해?"

"…짜파게티."

망할.

나직이 탄식을 뱉어내는 유찬의 뒤로 제현이 폭주하기 시작했다.

"오늘은 내가! 짜파게티 요리사!"

"야아, 이제현."

유찬의 눈길 따위는 신경도 쓰지 않는 듯한 막내의 도발.

깔깔대며 웃던 도영은 왼편 끝에 앉아 있던 선우를 불렀다.

"선우 형, 선우 형!"

"……."

"제현이 좀 말려봐. 얘 막 나가는데?"

장난 섞인 도영의 한마디에, 선우가 뒤늦게 고개를 돌렸다.

"어……?"

줄곧 창밖을 내다보고 있던 선우다.

'아무리 봐도 이상한데.'

사교성이 넘쳐흘렀으면 흘렀지, 저렇게 조용히만 앉아 있을 선우는 아니다. 카메라 앞에서는 긴장 탓에 본인의 입담을 다 발휘하진 못했지만, 멤버들을 늘 챙겨주며 이야기를 들어주는 사람.

그게 탑보이즈의 지선우였다.

그런데.

"아, 나 불렀어?"

어색한 미소와 초췌해 보이는 눈빛.

상준은 침을 삼키며 선우의 어깨를 툭툭 쳤다.

"무슨 일… 있어?"

제6장

소외감

'별거 아냐.'

신경 쓸 것 없다며 말을 돌리던 선우.

본인이 거듭 아무 일도 아니라고 하니 더 물을 수도 없었지만 아무리 생각해도 이상했다.

"탑보이즈, 들어가 주세요!"

"네에!"

뭔가가 조금씩 잘못되어 가고 있는 기분.

상준은 불안한 마음을 떨치며 무대 위로 올랐다.

「모닝콜」 정식 활동이 끝나고 시간이 얼마 지나진 않았지만 서정적인 발라드곡으로 수록곡 활동을 시작한 탑보이즈였다.

잔잔하지만 팬들을 향한 진심을 담은 곡.

라이브로 진행되는 무대기에 사소한 실수도 허용되지 않는다.
상준은 떨리는 손으로 마이크를 잡았다.

이 자리에서 기다려 주던 너
언제나 잊지 않을게

온탑과 함께 만들어가는 노래. 상준의 부드러운 목소리가 울려 퍼지자 팬들 사이에서 감탄이 튀어나왔다.
여러 번 듣지만, 들을 때마다 마음 한구석을 울리는 목소리.
'맨날 아리랑만 불러서 몰랐는데.'
발라드와 궁합이 맞는 목소리다.
조승현 실장은 미소를 지으며 고개를 까닥였다.
"어때?"
원래대로라면 현장까지 오진 않았을 테지만, 오늘은 조금 경우가 다르다.
"음."
조승현 실장을 따라온 한 여자.
깐깐한 듯한 목소리가 말끝을 흐린다.
이렇게 실제로 보니, 라이브 실력은 상상했던 것 이상이다.
"괜찮네요."
'좀 더 지켜봐야 알겠지만.'

처음처럼 이 모습 그대로
항상 곁을 지킬게

상준의 파트 다음으로 이어지는 제현의 청아한 목소리.

원래도 잘하지만 오늘따라 완벽하다.

조승현 실장은 만족스러운 표정으로 여자를 돌아보았다.

"다음에 또 보죠."

예상은 했지만, 단번에 수락하진 않는다.

조승현 실장은 너털웃음을 터뜨리며 작게 중얼거렸다.

"거참. 칼같네."

또각또각.

상준의 파트가 끝나자마자 홀쩍 나가 버리는 여자를 따라나서는 조승현 실장.

그다음으로 긴장에 떨고 있던 선우가 마이크를 잡았다. 팀에서 서브 래퍼를 맡고 있기 때문에 상대적으로 보컬엔 약한 선우였다.

그런 선우가 맡을 파트는, 하필 하이라이트 직전의 가성 파트였다.

'실수하면 안 되는데.'

첫 보컬 라이브 무대이니만큼 긴장할 수밖에 없다.

선우는 마이크를 꼭 움켜쥔 채 카메라를 응시했다.

매일 노래 부를 때마다
단 한 가지만 생각해

서서히 고음으로 올라가는 파트.

가장 애절한 하이라이트는 상준의 몫이지만, 이 파트도 예상보다 훨씬 까다롭다.

그렇게 무난하게 노래를 이어가던 순간.

“저 위로 올라가고 싶… 어.”

삐끗한 목소리.

선우는 당황한 표정으로 마이크를 내려놓았다.

지난번의 안무 실수 이후로 첫 실수지만, 라이브 방송이니만큼 돌이킬 수가 없다.

선우는 지그시 입술을 깨물며 고개를 숙였다.

‘표정 관리라도 해야 하는데.’

머리는 알면서도 굳어버린 얼굴은 어쩔 수가 없다.

곧바로 이어지는 하이라이트 파트.

분명 선우를 따라 당황했을 텐데도, 안정적인 상준의 고음이 이어진다.

We are on top
그 위에서 우리를 지켜봐 줘

‘왜 나는 못 할까.’

노래는 지켜봐 달라고 외치고 있지만.

“……”

선우는 처음으로 생각했다.

차라리 이 무대에서 도망치고 싶다고.

* * *

"이야, 음원 성적이 너무 좋아."

선우의 실수를 송준희 매니저에게 전해 들어서일까.

조승현 실장은 괜히 멤버들을 불러놓고 너털웃음을 터뜨리고 있었다.

선우는 줄곧 굳은 표정으로 그의 말을 들었다.

"모닝콜이 대박 났잖아. 하여간 고깃값은 확실히 해요."

"에이, 물론이죠. 실장님. 그런 의미에서 한 번 더……?"

"어림도 없지."

이럴 때는 칼같은 조승현 실장.

도영은 옷소매로 눈물을 훔치는 척 분위기를 환기해 보려 했다.

"선우야."

"네."

아닌 게 아니라.

탑보이즈의 앨범은 JS 엔터의 역대 신인 그룹 성적 중에서는 최고라 할 만한 성과를 거두고 있었다.

모닝콜은 3주 연속 1위에서 5위권을 순항 중이었고, 수록곡 '지켜봐 줘'마저도 방송이 끝나자마자 바로 10위에 안착했다.

"충분히 잘하고 있어. 왜 그래."

그런 부담감 때문일까. 늘 생글거리던 선우가 요즘 들어 힘들어하고 있다는 건 조승현 실장도 대강 눈치채고 있었다.

"네, 감사합니다."

힘이라도 내라는 의미에서 건넨 말이었건만, 표정을 보아하니 실패한 모양이었다.

"그래."

조승현 실장은 미소를 지으며 고개를 돌렸다.

선우의 일과는 별개로 전해야 하는 좋은 소식들이 있었다.

"아, 유찬이랑 상준이. 너네 광고 잡혔거든."

"와, 광고요?"

그것도 텔레비전광고라니.

이어지는 조승현 실장의 한마디에 유찬이 눈을 반짝였다.

도영은 부럽다는 듯이 발을 굴렀다.

"이야, 엄유찬. 저 혼자 겁나 잘나가네. 개부러워."

"크으, 실장님. 까마귀 들고 찍는 것만 아니라면 전 무조건 해 피합니다."

"아, 걱정 마. 까마귀는 아니야."

조승현 실장은 손사래를 치며 서류를 건넸다.

"짜장라면 광고야."

"…아?"

하필이면 짜장라면이라니, 유찬은 눈을 잠시 끔뻑였다.

유찬의 별명을 알 리가 없는 조승현 실장은 의아한 표정으로 말을 덧붙였다.

"근데 왜 갑자기 짜장라면 광고가 들어왔지? 너네가 짜장면 잘 먹게 생겼나? 여튼 잘해봐."

"짜장면 잘 먹게 생긴 건 어떻게 생긴 거죠?"

"하하. 그러… 게요."

"헐. 유찬이 하기 싫나 봐요."

도영이 건수를 잡았다는 듯이 바로 받아쳤다.

그와 동시에 유찬의 눈빛이 반짝이기 시작한다.

"설마요. 그럴 리가."

"와. 자본주의의 노예 됐네."

"전 짜장라면이 아니라 민트초코라면이어도 찍겠습니다. 제 의지를 봐주십쇼."

쓸데없이 비장한 유찬의 한마디에 조승현 실장은 웃음을 터뜨렸다.

"그리고 이건 예능 스케줄. 도영이랑 제현이 한번 나왔으면 한대서."

"이건 상준이."

"허억, 스케줄이 엄청 많네요."

촘촘히 짜인 스케줄. 멤버 전원이 나가는 라디오방송도 여럿이었기에, 스케줄이 당연히 많을 수밖에 없었다.

그런데.

"……"

단체 스케줄은 있어도 선우의 개인 스케줄은 없다.

'마이픽'으로 인지도를 높였던 도영과 유찬.

그리고 '드라마 인 드라마'로 연기돌로 거듭난 제현.

상준은 말할 것도 없이 각종 예능을 종횡무진하고 있었다.

'나는……'

다섯 중에서 인지도를 따진다면 가장 바닥인 게 분명했다.

팬 미팅 때도, 상황은 다르지 않았다.

다른 멤버들을 향해서 쏟아졌던 질문들 중에서, 자신을 위한 건 없었다.

부러웠음에도 내색 한 번을 하질 못했다.

'선우는 워낙 착하니까.'

'선우 형이 진짜 착하지.'

'네가 리더로 가장 어울려서 그래. 네가 애들을 잘 챙기잖냐.'

회사 사람들도 멤버들도 모두 인정하는 소리였지만.

지금만큼은 그 소리마저 부담스러웠다.

'나도 돋보이고 싶은데.'

방송 욕심이 없는 건 아니었다.

티를 안 냈을 뿐.

그럼에도 선우는 끝까지 솔직하게 털어놓을 수가 없었다.

—노래도 못하잖아

ㄴ근데 잰 누구임?

ㄴ지선우였나. 나도 별로 안 보여서 모르겠음

ㄴ근데 재 리더일걸

ㄴ리더라고? 리더 상준이 아니었어?

ㄴ리더인데 저렇게 묻혔다고? 잘생겼긴 한데 다른 애들이 튀어서 그런가.

ㄴ배우 상인데;; 그냥 연기나 시키자

—원래도 상준이 원맨 캐리 그룹 아냐?

ㄴ뭐래

ㄴ우리 도영이 유찬이 제현이도 있거든요 ㅠㅠ

ㄴ선우는 왜 빼냐

ㄴ재 이름이 선우야?

ㄴ몰랐네…….

—온탑이들은 멤버 전원을 지지합니다 악플 쓰지 마세요
ㄴ존재감이 없긴 하잖아 ㅋㅋㅋㅋ
ㄴ방송에도 좀 비쳐주지ㅠㅠ
ㄴ선우도 열심히 하는데…….

스스로가 그럴 자격이 없는 사람처럼 느껴졌으니까.
선우는 흐릿한 미소를 지으며 입을 열었다.
"스케줄이… 엄청 많네요."
"그렇지? 빡세도 좀만 참아라. 너무 힘든 것 같다 싶으면 말하고."
"넵!"
선우의 미묘한 표정 변화를 알아채지 못한 조승현 실장은 밝은 목소리로 멤버들을 격려했다.
"자, 이만 들어가 보고."
"저희 스케줄 갈게요!"
다들 개인 스케줄 준비를 하러 떠나 버린다.
도영은 제현을 이끌고선 급하게 발걸음을 옮겼다.
"선우 형!"
"어어."
"이따 숙소에서 봐!"
"그래, 잘 다녀와."
항상 부드럽게 멤버들을 배웅해 주는 형.
자신은 늘 이런 이미지였다.
"후우."
쾅.

멤버들이 모두 떠나 버리고 홀로 남겨진 연습실.
선우는 씁쓸한 표정으로 카메라를 들었다.
사실 전체 스케줄이 적은 편은 아니었지만.
'개인 스케줄이 하나도 안 들어오니까.'
인지도가 없는 선우를 예능에 끌고 오려 하는 PD는 없었다.
선우 역시 그 사실을 충분히 인지했기에 투덜댈 수 없었다.
떼쓴다고 해결되는 연예계가 아님을 알기에.
"안녕하세요, 여러분."
하지만, 오늘만큼은 혼자이고 싶지 않았다.
마음속 텅 빈 구석이 채워지질 않아, 차마 견딜 수가 없었다.
선우는 카메라를 들고선 손을 흔들었다.
급하게 켠 유이앱.
알람을 확인한 팬들이 들어오기 시작한다.

—어?
—선우네, 안녕~~
—???? 갑자기 유이앱이야?

"여러분들이 보고 싶어서 틀었어요."
선우는 미소를 지으며 입을 열었다.
언제나 착하게 자신의 몫을 해주는 리더.
팬들은 하트로 마음을 대신했다.

—갑자기 유이앱 켜주니까 넘 좋다ㅠㅠ

—ㅇㅈㅇㅈ

—근데 연습실인가?

—다른 멤버들은?

—다른 멤버들은 어딨어요?

그것도 잠시, 혼자인 선우를 확인한 팬들이 다른 멤버들을 찾기 시작했다. 선우는 흔들리는 눈빛을 감추려 고개를 숙였다.

"아. 다른 친구들은 스케줄 갔어요."

도영과 상준은 잘만 진행하던데 막상 이렇게 하려니 소통조차 어렵다.

사교성이 뛰어난 선우지만 카메라 앞에선 서면 늘 이렇다.

긴장 탓에 부자연스러운 목소리.

선우는 조심스럽게 말을 이었다.

"오늘 저는 연습을 했고……. 또, 연습을 했어요."

다섯 명이 함께 유이앱을 했을 때와는 비교도 안 되는 시청자 수.

훌훌 떠나 버리는 팬들을 보면서 선우는 씁쓸한 미소를 흘렸다.

"제가 라이브 실수했거든요. 진짜 죄송해요. 제가 다음엔……. 열심히 연습해서 더 멋진 모습 보여 드릴 건데……."

얼마 남지 않은 팬이라도 붙잡고 싶은 간절한 마음.

선우는 미소를 지으며 거듭 연습을 강조했다.

그 순간.

"아이고, 힘들어라."

실장실에서 나온 승현이 콧노래를 흥얼거리며 복도를 나섰다.

장난 아닌 멤버들의 스케줄만큼 요즘 일이 늘었다.

조승현 실장은 손목시계를 확인하며 말을 뱉었다.

"애들은 잘 갔나. 빡세긴 엄청 빡세던… 어?"

연습실에서 울려 퍼지는 익숙한 목소리.

조승현 실장은 고개를 돌려 연습실을 확인했다.

카메라를 들고서 팬들에게 속마음을 털어놓는 선우의 뒷모습.

오늘따라 그 뒷모습이 유난히 쓸쓸해 보여서, 절로 시선이 간다.

"저도……. 진짜 잘하고 싶어요. 그러니까, 앞으로도 저 많이 지켜봐 주세요."

"잘 부탁드립니다, 온탑분들……."

문틈으로 새어 나오는 목소리.

'선우인가.'

조승현 실장은 씁쓸한 미소를 지으며 멈춰 섰다.

* * *

"지난번 무대는 봤을 거 아냐."

"네, 괜찮던데요."

탑보이즈의 '지켜줄게' 무대.

조승현 실장과 나란히 서서 무대를 확인했던 여자가 고개를 끄덕였다.

SBC의 라디오방송 PD.

탑보이즈의 단체 라디오 출연 건으로 이 자리에 온 건 맞지만, 그 목적은 살짝 달랐다.

'잘 보여야 해.'

SBC에서 상당한 영향력을 지니고 있는 그녀다.

라디오방송을 넘어서 이번에 지상파 고정 프로를 준비하고 있다는 걸 알기에, 조승현 실장의 눈빛이 반짝였다.

"근데 제가 노래로 뽑는 건 아니라서요."

"인성 착한 친구 찾으신다며. 기왕이면 뉴 페이스로."

이미 시청자들의 눈에 익숙한 출연진들은 섭외된 상태니, 조금은 신선한 맛. 최효진 PD가 찾는 건 바로 그런 캐릭터였다.

'가장 중요한 건 인성.'

그녀가 그려놓은 그림엔 착한 이미지의 친구가 필요했다.

기왕이면 이미지만 그런 게 아니라 정말 그런 인성을 지닌 친구.

최효진 PD의 깐깐한 성격을 알기에 추천이 조심스러울 수밖에 없었다. 조승현 실장과는 가까운 사이긴 했지만, 공과 사는 확실히 구분하는 성격의 그녀기에.

조승현 실장은 담담하게 입을 열었다.

"괜찮은 친구가 하나 있는데. 라디오에서 보고 괜찮다 싶으면 써줬으면 해서."

"아, 그 상준이란 친구?"

사실 조승현 실장이 처음 생각했던 건 상준이 맞았다.

최효진 PD가 그린 이미지에도 적합했고 시키는 대로 뭐든지 잘하는 성격이니까. 더할 나위 없이 완벽한 조합이다.

그런데, 마음이 좀 바뀌었다.

'워낙 스케줄이 많기도 하고.'

괜찮은 프로가 쏟아지는 탓에 그걸 소화하기도 벅찼다.

그렇다면.

"아니, 다른 친구야. 한번 봐봐."

"다른 애? 어떤 앤데요?"

"그게……."

똑똑똑.

타이밍 좋게 울려 퍼지는 소리.

조승현 실장은 미소를 지으며 고개를 돌렸다.

"저기 오네."

*　　　　*　　　　*

"네, 오늘은 떠오르는 신인 그룹이죠? 탑보이즈 친구들을 모셨습니다."

라디오 DJ 장서연.

그녀의 부드러운 목소리가 듣기 좋게 울려 퍼진다.

"와아아아."

보이는 라디오로 진행되는 방송이니만큼, 멤버들은 환한 미소로 열렬하게 함성을 질렀다.

선우 역시 그들을 따라 긴장한 기색으로 박수를 쳤다.

'잘해야 할 텐데.'

라디오방송이 처음도 아니지만, 저렇게 빤히 바라보고 있으니 긴장이 될 수밖에 없다.

최효진 PD는 예리한 눈빛으로 선우를 줄곧 쏘아보고 있었다.

'어때, 한번 해볼래?'

최효진 PD가 있는 자리에서 선우에게 물어왔던 조승현 실장.

선우는 단번에 고개를 끄덕였다.

처음으로 온 기회다. 절대 놓칠 수는 없었다.

'잘할 수 있을까.'

그렇게 질러 버리긴 했지만, 여간 걱정되는 게 아니었다.

늘 재치 있게 말을 이어가는 도영과 예능 경험이 비교적 풍부한 상준.

저 둘을 두고 최효진 PD가 자신을 선택할지는 의문이었으니까.

"자, 각자 자기소개 해줄 수 있어요?"

"안녕하세요, 청취자 여러분. 탑보이즈의 무언가를 담당하고 있는 나상준입니다."

"오, 그 무언가가 뭔가요?"

"그건 비밀입니다."

분명 까먹은 게 분명했지만 「무대의 포커페이스」 덕분이다.

상준은 얼굴색 하나 안 변하고 당당하게 자기소개를 마쳤다.

"이야, 비밀이 많은 친구네요. 다음은?"

"상큼함을 담당하고 있는 도영입니다!"

오늘 이 자리에 온 건 상준, 도영, 선우 세 사람뿐이기에.

단체 스케줄보다는 배로 부담감이 없어졌다.

능숙하게 소개를 마친 멤버들을 돌아보며 선우는 부드럽게 말을 이었다.

"안녕하세요, 리더 지선우입니다."

"네, 모두들 반가워요. 이번에 '지켜줄게'라는 수록곡으로 돌아왔다고 들었는데요. 아, 아주 성적이 좋더라고요."

"감사합니다."

어느덧 5위로 우뚝 오른 수록곡 순위.

장서연의 말과 함께 배경음으로 '지켜줄게'가 깔려 나온다.

상준은 부드럽게 콧노래를 흥얼거렸다.

대본을 확인한 상준이 자연스럽게 말을 얹었다.

"저희가 이 노래를 라이브로 한번 준비해 보았는데요."

"이야, 정말요?"

"네, 한번 보여 드리겠습니다!"

패기 넘치는 신인 아이돌의 목소리에, 장서연은 미소를 지으며 고개를 끄덕였다.

라디오방송이니만큼 가수들을 초청했을 때 라이브 무대가 펼쳐질 수밖에 없다. 사소한 실수마저도 생방송으로 타고 가버리니, 사실상 보컬적 역량을 드러내는 무대이기도 했다.

'지난주에도 한번 펑크 났었지.'

아이돌이 단체로 왔었는데, 실수로 삑사리가 나는 바람에 댓글창이 난리가 났었다. 이때가 기회다 싶었는지 악플러들은 물고 뜯기 바빴고.

신인이면 긴장 탓에 빈번하게 실수가 생기는 법이다.

'한번 보자.'

최효진 PD는 의미심장한 눈빛으로 멤버들을 바라보았다.

'노래는 곧잘 부르긴 하던데.'

"아아, 시작할게요."

이른 시간이니만큼 목이 완전히 풀리진 않았다.

상준은 카메라를 체크하며 손을 흔들어주고는 마이크를 잡았다.

곧바로 흘러나오는 잔잔한 멜로디.

그 위로 상준의 목소리가 얹어졌다.

이 자리에서 기다려 주던 너

언제나 잊지 않을게

"와."

확실히 멀리서 들었을 때와는 체감이 다르다.

이들을 지켜보고 있던 최효진 PD는 저도 모르게 탄성을 뱉어내고는 입을 가렸다.

그것도 잠시, 그녀의 눈빛은 다시 원래의 건조한 모습 그대로 돌아갔다.

'잘하긴 하는데.'

오직 그뿐이다.

예능프로에서 누군가를 섭외할 만큼, 단번에 드는 끌림이 없다.

비주얼적인 면에서야 확실히 셋 다 눈에 띄긴 하지만, 그녀가 그리고 있는 예능 이미지에 맞는 마냥 착하고 성실한 캐릭터.

그런 캐릭터를 과연 찾을 수 있을지 확신이 들지 않았던 탓이었다.

매일 노래 부를 때마다

단 한 가지만 생각해

저 위로 올라가고 싶어

이번엔 실수 없이 부르는 선우의 노래.

부드럽게 녹아들어 가는 기타 반주가 최효진 PD의 귀를 사로잡았다.

스케줄이 잡히고 나서 무대를 위해 기타에 온 힘을 쏟았던 선우다.

그 효과가 빛을 발하는 건지, 선우의 기타 실력은 수준급이라고 해도 고개를 끄덕일 정도였다.

'좀 하네.'

조승현 실장이 눈여겨보라고 귀띔까지 준 녀석이기에, 최효진 PD는 줄곧 선우에게 시선이 쏠려 있었다.

"와. 매력적인 기타 연주까지. 아주 잘 들었어요."

"감사합니다."

하지만.

라디오가 진행되면 진행될수록 최효진 PD의 시선은 다른 쪽을 향하고 있었다.

"탑보이즈 친구들이 지금 데뷔한 지 얼마 안 됐잖아요."

"네, 그렇죠."

"연습생일 때 스토리 같은 거 풀어줄 수 있어요?"

장서연의 말을 침착하게 듣고선 능숙하게 받아치는 상준과, 적절한 리액션으로 대화의 분위기를 띄워주는 도영.

저 둘에게 더 시선이 갔기 때문이었다.

"전 사실 블랙빈 데뷔 전에 소속사에 들어갔었거든요."

"아, 맞다. 도영 씨랑 블랙빈이랑 인연이 있군요."

도영과 은수가 형제 사이라는 건 이미 방송계에도 많이 알려진 사실이었다. 도영은 고개를 끄덕이며 장서연의 말을 이었다.

"딱 제가 처음 들어갔는데. 갑자기 형이 허세를 부리는 거예요."

"뭐라고요?"

"월말 평가 성적표를 저한테 보여주면서, 하. 여기 1등이 누구냐고."

상운이 들어오기 전까지, 사실 JS 엔터의 독보적인 연습생은 차은수였다. 예전에 은수에게 들은 적 있는 얘기였기에 상준은 미소를 지으며 고개를 끄덕였다.

"진짜 재수 없는 거예요."

"푸흡."

여과 없는 도영의 멘트에 장서연은 웃음을 터뜨렸다.

도영은 앞머리를 쓸어내리며 말을 이었다.

"그래서 제가 그랬죠. 딱 한 달만 기다리라고."

"이야, 어떻게 됐어요? 이겼어요?"

이어지는 짧은 침묵.

상준은 안타까운 침묵 앞에 시선을 돌렸다.

도영은 자포자기한 얼굴로 씁쓸한 미소를 지었다.

"아름답게 실패했습니다."

"이런. 유감이네요."

"하지만, 제가 또 데뷔조에 들어간 얘기를 빼놓을 수 없겠죠."

차은수 앞에서만 서면 약해지는 도영이었지만, 이런 타이밍에 자화자찬을 빼놓을 리가 없었다. 상준은 피식 웃으며 도영을 빤히 응시했다.

"월말 평가 때 제가 노래를 부르니까. 저희 실장님이 우셨습니다."

"저건 허언입니다."

상준은 혀를 내두르며 곧바로 받아쳤다.

자기 자랑은 그렇다 쳐도 무에서 유를 창조해 내다니.

조승현 실장이 들었다면 뒷목을 잡았을 소리였다.

도영은 손사래를 치며 말을 정정했다.

"에이, 살짝. 아주 살짝의 과장은 있었지만. 거의 우셨습니다."

"이건 실장님의 얘기도 들어봐야 합니다."

능청스러운 미소를 지으며 받아치는 상준의 말.

청취자들의 반응도 지난 방송보다 훨씬 좋았다.

실시간으로 쏟아지는 댓글들.

'확실히 예능감은 있네.'

원래 웃음이 없는 최효진 PD다.

입꼬리는 도통 올라가질 않았지만, 멘트를 이어가는 실력만큼은 그녀도 인정하는 바였다. 저 정도면 카메라 앞에서도 술술 말을 뱉어낼 친구들이다. 냉정한 판단을 마친 최효진 PD는 다시 선우 쪽을 물끄러미 돌아보았다.

'더 볼 필요도 없겠군.'

저렇게 옆에서 멘트를 떠먹여 주는데도, 기타를 친 것 외에는 할 줄 아는 게 없다.

'무슨 기타리스트도 아니고.'

최효진 PD는 싸늘한 눈길을 보내며 고개를 저었다.

그 순간.

"어……?"

선우의 한마디가 최효진 PD를 붙잡았다.

*　　　*　　　*

"야, 내가 그 피디님 얘기를 전해 들었는데. 깐깐함이 장난 아니라던데."

최효진 PD의 새로운 공중파 예능에 관한 소식은 상준도 전해 들은 뒤였다. 선우는 초조한 표정으로 줄곧 걱정에 빠져 있었다.

선우에게 온 첫 번째 기회.

상준도 가능하다면 그 기회에 도움이 되고 싶었다.

"자, 나 믿어봐. 프로그램 분석 하면 나지."

"허어."

영 신뢰는 안 갔지만, 최효진 PD가 두고 간 서류를 확인한 상준은 술술 말을 이었다.

"여행하는 프로그램 같은데. 그 피디님이 찾는 이미지가 뭐라고 했었지?"

"실장님 말로는 착하고 성실한 이미지랬는데……."

선우는 살짝 기가 죽은 듯 말끝을 흐렸다.

말이 쉽지, 모든 연예인들은 카메라 앞에선 착하고 성실한 이미지다.

대놓고 막 나가지 않는 이상.

"그런 평범한 조건으로 내가 사로잡을 수 있을까?"

"당근이지. 형 얼굴에 착해요, 써 있어."

"잘생겼어요는 안 써 있어?"

"…어림도 없지."

이럴 때만 단호한 도영이다.

상준은 손사래를 치며 화제를 돌렸다.

"자, 이건 도영이가 알아 온 기밀인데."

칼같은 최효진 PD에게도 마음을 다잡게 해주는 좌우명이 있단다.

"슬쩍 흘려봐."

"에이, 그게 먹힐까."

부정해 가며 피식 웃었던 선우지만.

'먹히는구나.'

자신을 바라보는 최효진 PD의 시선에서 선우는 짐작할 수 있었다.

*　　　*　　　*

"차근차근 하나씩, 그렇게 해나가고 싶습니다."

"이야, 좋은 마음가짐이네요."

"네. 제가 부족한 점이 많아서요."

공교롭게도 선우의 생각도 같았다.

선우는 씨익 미소를 지으며 상준을 돌아보았다.

자신에게 쏠린 최효진 PD의 시선.

그래 봤자 잠시 붙든 거밖에 안 된다는 걸 알지만, 이렇게 된 이상 제대로 된 모습을 보여줘야 했다.

"다음은 선우 씨가 사연 읽어주실까요?"

"네."

자신감에 찬 시선과 명확한 목소리.

선우는 열의에 찬 시선으로 대본을 내려다보았다.

그런데.

"안녕하세요, 저는 동작구에 사는 19살 고등학생이에요."

탑보이즈의 팬이라고 자신을 소개하며 시작된 사연. 천천히 팬의 사연을 읽어 내려가던 선우의 눈빛이 흔들리기 시작했다.

제가 가장 팬인 사람은 선우 오빠예요.

제가 외로웠던 순간마다 팬 미팅 때 오빠가 해줬던 말을 항상 떠올렸거든요. 혹시 기억나요?

'저 지난달에 진짜 힘들었거든요. 저만 다 부족한 거 같고. 저 빼곤 다 잘나가는 느낌이고. 하는 일은 다 안 되고.'

자신의 앞에 앉아서 씁쓸한 표정으로 말을 쏟아내던 여학생.

선우는 두 눈을 깜빡이며 여학생에게 건넸던 답을 떠올렸다.

"충분히 잘하고 있다고. 부족한 게 아니라 나아가고 있는 중이라고."

얼마 전에 유이앱 방송 봤어요.

항상 밝고 멋진 사람이었는데, 요즘 따라 너무 힘들어 보여서.

이 말을 꼭 전해주고 싶었어요.

정작 그렇게 위로를 건넸으면서도 스스로를 몰아치는 모습이 완연하게 보여서, 건넬 수밖에 없었던 말.

"충분히 잘하고 있다고……."

천천히 말을 뱉어내는 선우의 목소리가 흔들렸다.

"나아가는 중이… 라고."

진심을 다해 건넨 팬의 한마디.

속에 억눌려 있던 무언가가 쓸려 내려가는 기분.

선우는 울컥한 나머지 고개를 숙였다.

"죄, 죄송합니다."

늘 미안해할 필요도 없고 지나친 걱정 할 필요도 없어요.

위에서 지켜보고 있을게요.

―온탑 올림

상대적으로 팬이 적다고 해서, 자신을 바라봐 준 시선까지 덜 따뜻한 건 아니었다.

선우는 울먹이며 사연지를 붙들었다.

"어, 어. 제가 마저 읽을게요."

당황한 상준이 선우의 사연을 이어 읽어나갔다.

"…온탑 올림."

사연을 읽던 패널이 우는 방송 사고.

엄청난 방송 사고라고 볼 수도 있는 상황이었지만.

선우를 물끄러미 바라보고 있던 최효진 PD의 표정은 밝았다.

"……."

최효진 PD의 입꼬리가 호선을 그리며 올라갔다.

'한 번만 믿어보라니까. 괜찮은 친구야.'

조승현 실장의 거듭된 당부를 백 프로 믿은 건 아니었지만.

찾았다. 그녀가 그리고 있던 이미지.

'작은 것에도 감사하고. 착하면서 열정적인 뉴 페이스.'

최효진 PD는 볼펜을 돌리며 말을 뱉었다.
"이 친구네."

* * *

"야, 야. 시작한다!"
도영의 오두방정과 함께 멤버들은 단체로 소파 위에 앉았다.
"어흑, 나 진짜 떨리는데. 어떡하지."
"떨리면 형은 눈 가리고 있어. 우리가 다 보고 나서 후기 알려줄게."
"그래도 그건 좀……."
탑보이즈 순위 결과를 들을 때만큼이나 새하얗게 질려 있는 선우의 표정. 상준은 피식 웃으며 선우의 어깨를 토닥였다.

'그 친구 맘에 들었어.'

「정오의 라디오」 방송이 끝나고 최효진 PD는 단번에 선우를 점찍었다. 그녀가 그렸던 이미지에 가장 맞는 인물이라는 확신이 든 순간, 굳이 망설일 필요가 없었기 때문이었다.
예능감을 채워주는 출연진들은 이미 차고 넘친다.
굳이 뉴 페이스가 채워주지 않아도 되는 부분이라는 의미였다.
그런 프로 예능인들이 채워주지 못한 신인의 자리.

'괜찮게 나올 거라니깐.'

최효진 PD가 깐깐하긴 해도 본인의 확신을 번복하는 일은 없는 사람이었다. 라디오방송이 끝나자마자 정식으로 캐스팅이 들어왔고.

"와. 시작했다."

오늘은 선우의 첫 예능 「트립 투 어나더」의 첫 방송이 나오는 날이었다.

"나, 분량 하나도 없는 거 아닐까."

"고만 구시렁대고 어서 보세요."

"그래, 열심히 찍은 만큼 잘 나올 거야."

줄곧 걱정을 늘어놓던 선우는 방송이 시작하자마자 진지해졌다.

출연진들이 모여서 국내의 다양한 여행지를 누비는 리얼버라이어티. 그만큼 출연진들의 합이 잘 맞아야 하는 프로그램이지만.

"오호, 재밌는데?"

상준은 싱긋 웃으며 텔레비전을 뚫어져라 보았다.

"이야, 형 뭐야. 예능감을 숨기고 있었네."

쫄아 있을 거라는 예상과는 달리, 방송이 진행되면 될수록 출연진들과도 편하게 지내는 모습이 비쳤다.

그동안 토크쇼만 출연해서 그렇지, 상준은 선우를 처음 만났던 순간을 떠올렸다.

'궁금한 거 있으면 얼마든지 말하고, 처음에는 좀 어색한데, 며칠 다니다 보면 적응될 거야. 이쪽 복도로 가면…….'

유찬과 어색한 사이를 유지하고 있었을 때, 가장 먼저 다가와 상준에게 JS 엔터를 안내해 줬던 건 선우였다.

'나왔다, 저 사교성.'

리얼버라이어티라서 그런지, 출연진들과 자연스레 친해진 뒤로는 탑보이즈가 알고 있는 선우의 모습을 온전히 보여주고 있었다.

출연진들과 살갑게 주고받는 대사들과 매사에 열심히 노력하는 모습까지.

거기에.

"이건 예상 못 했는데."

'어… 어?'

—세상이 돌아요. 지구가 저빼고 회전을…….

"형, 뭐 하냐."

"하."

코끼리 코를 다 돌고서 제자리에 뱅글뱅글 돌고 있는 모습이라니.

유찬이 황당한 낯빛으로 타박을 던졌다.

선우의 귀가 곧바로 빨개지기 시작했다.

"나……. 왜 저러고 있냐."

"그건 우리가 묻고 싶은 바야. 형, 저렇게 몸치였어?"

선우의 몸치 행각은 그쯤에서 끝나질 않았다.

"뭘 하는 게임마다 다 져."

신발을 통에다가 골인시키는 게임에선 쓸데없이 카메라를 맞히질 않나, 다른 출연진들을 따라 달리는 장면에선 혼자 주저앉질 않나.

상준은 경악하며 선우를 내려다보았다.

"안 되겠다, 선우야. 운동하자."

"아아, 그건 좀……."

"다음 주에도 촬영 있다며. 저렇게 허접한 모습을 또 보여줄 거야?"

딴 사람은 몰라도 스파르타인 상준에겐 걸리면 안 된다.

선우는 격하게 고개를 저으며 뒤로 물러섰다.

리더의 불행은 멤버들의 행복이다.

도영은 깔깔거리며 상준에게 눈짓을 보냈다.

"그러게. 형은 좀 운동해야 할 것 같은데."

"하, 얘들아. 너네가 잘 몰라서 그러는데."

다급한 선우의 손짓이 허공에 닿는다.

'에라, 모르겠다.'

이럴 때 필요한 건 허세다.

선우는 피식 웃으며 고개를 까닥였다.

"저거 다 방송용이야. 다 컨셉이다, 이 말이지."

"진짜?"

"맙소사. 전혀 아닌 거 같은데."

방송의 편집일 뿐이라고 주장하는 선우.

선우는 머리카락을 쓸어넘기며 말을 이었다.

"그러엄. 얘들아, 형이 예전에 축구부 주장이었어."

"이건 좀 충격적인데."

물론 유소년 축구부 얘기긴 하지만. 대략 10년 전의 찬란했던 과거를 떠올리며, 선우는 자신만만하게 말을 뱉었다.

"엄청 잘해, 엄청."

"뭐, 그렇다면."

자리에 가만히 앉아 있었던 유찬의 눈이 반짝였다.

이내 유찬의 입에서 흘러나오는 충격적인 말.

“증명해 보이면 되지.”

“아… 아?”

선우의 다급한 아우성과 함께, 탑보이즈의 긴급 운동회가 결정되었다.

* * *

“자, 온탑 여러분! 안녕하세요!”

멤버들의 미니 운동회. 이보다 팬들이 좋아할 유이앱 콘텐츠가 없다.

조승현 실장의 적극적인 지원까지 더해지면서 결국 선우는 이곳에 끌려오고야 말았다.

—와아아아아

—오늘 운동회 해요?

—ㄷㅂㄷㅂ

—꺄아아 어서 ㄱㄱ

—근데 선우 진짜 몸치임?

“아닙니다, 여러분. 그걸 증명하기 위해 선우가 이 자리에 섰습니다.”

굳이 안 해도 될 말이다만.

상준은 생글거리며 선우를 앞으로 끌어놓았다.

원래는 인지도가 최하인 선우였지만, 「트립 투 어나더」의 영향 덕인지 선우를 응원하는 댓글들이 쏟아지고 있었다.

"와."

그만큼 부담감도 더해진다.

처음엔 괜한 자존심 때문에 시작한 거긴 하지만, 이렇게 되니 정말 잘해보고 싶어진다.

"저희가 인원이 다섯밖에 안 되어가지고. 다 개인전이에요."

"오호."

"알아서 살아남으세요. 특히 지선우 씨."

"……."

상준은 자연스럽게 멘트를 치며 유이앱 화면을 확인했다.

—ㅋㅋㅋㅋㅋㅋㅋㅋㅋㅋㅋㅋ

—선우 저격당했네 ㅋㅋㅋㅋ

—몸치 선우야…….

—뭔가 이것도 상준이가 잘할 것 같아

—ㅇㅈㅇㅈ

"오, 정확히 보셨네요."

이날을 위해 준비했다.

상준은 두 눈을 반짝이며 손끝에 새하얀 책을 올려놓았다.

「악기의 마에스트로」를 반납한 뒤, 상준이 꺼내 든 야심 찬 책 한 권.

「운동 신경의 천재」.

비록 입문자편이긴 하지만, 전반적인 운동 신경을 늘려주는 녀석이다.

"하. 제가 또 질 수는 없죠."

늘 생글거리던 얼굴은 어디로 가고, 제법 결연함이 보이는 선우다.

이미 반쯤 포기한 듯한 제현은 막대 사탕을 오물거리며 말을 던졌다.

"사실 저는 누가 이겨도 상관없는데요."

"막내, 역시 솔직해."

"…선우 형이 질 거 같아요."

—제현 판사의 냉철한 분석력ㅋㅋㅋㅋ

—제현이가 조근조근하게 팩폭 때리네

—그렇게 챙겨줬는데 형 편을 안 들어줘 ㅠㅠㅠㅠ

—사실 나도 선우가 꼴등 할 것 같다…….

—선우야 ㅠㅠ 파이팅 ㅠㅠㅠㅠ

믿었던 막내마저도 배신했다.

선우는 목뒤를 부여잡으며 주먹을 세게 쥐었다.

다들 자신의 실력을 너무 얕보는 모양이지만.

"다들 딱 기다려."

"기다리고 있어요!"

"아까부터 가만히 서 있었어요."

이때다 싶어 깐족거리는 도영과 유찬이다.

그런 선우의 의욕에 기름을 부은 첫 번째 종목.

"펀치……?"

"이거 그냥 쳐서, 가장 큰 숫자 나오는 사람이 이기는 거예요. 간단하죠?"

상준의 짧은 설명과 함께 도영이 가장 먼저 앞으로 나섰다.
선우의 실력을 보려고 시작한 운동회긴 하지만.
도영은 능청스럽게 말을 더했다.
"사실 전 1등, 안 바라요. 그냥 선우 형만 이기면 돼요."
"나, 나는 왜."
"형한테 지면 조금 그럴 거 같아."
선우는 부들대며 도영을 유심히 바라보았다.
정확히 펀치 기계를 향하는 스윙.
순조롭게 올라가는 점수에, 도영은 생글거리며 주먹을 치켜올렸다.
856점.
도영은 점수를 확인하고 확신했다.
"이거 절대 선우 형은 못 넘어요."
"어이가 없네요."
도영의 도발에 선우는 곧바로 반발했다.
900점이 넘은 것도 아니고 저 정도면 충분히 할 만하다.
선우는 여전히 근거 없는 자신감을 유지한 채 말을 이었다.
"이거 기계 튼튼한 거 맞죠?"
"…저 형 왜 저래."
"살짝 맛이 간 거 같은데."
만년 몸치에 동생들에게 늘 져주던 데에 한이 쌓였는지, 선우는 한층 더 당당한 표정으로 펀치 기계에 다가갔다.
제법 진지한 얼굴로 펀치 기계를 쓰다듬는 손길.
이어지는 선우의 한마디에 상준은 경악했다.
"아이고, 기계가 부서질까 봐 걱정이네요."

제현은 붉어진 귀를 양손으로 가리며 고개를 숙였다.
옆에서 헛소리를 쏟아놓으니 당이 절로 당긴다.
"제가 다 부끄러워요……."
몇 분 뒤의 모습이 선명하게 그려지는 멤버들의 입장에선 반쯤 정신을 놓은 선우를 뜯어말리고 싶었다.
이미 때는 늦었지만.
"자, 시작할게요."
"아니, 왜 이렇게 뒤로 가?"
"도움닫기 할 거야."
그냥 팔 힘으로만 쳤다간 큰 키의 도영에게 밀릴 게 뻔했다.
그래서 선우가 계산한 전략.
도움닫기식으로 뛰어가서 체중을 싣는다.
상준은 의외의 잔머리에 탄성을 뱉었다.
"오호. 진짜 이기겠는데?"
"그럴 리가."
상준과는 달리 유찬은 현실적으로 고개를 저었다.
빗나가면 점수가 덜 나올 게 뻔한데.
"저 형이 정확히 칠까?"
"에이, 그래도 싣는 무게가 다르긴……."
상준과 유찬이 대화를 주고받는 사이.
마음의 준비를 마친 선우가 앞으로 달려 나갔다.
허공을 가르는 선우.
그리고.

—ㅋㅋㅋㅋㅋㅋㅋㅋㅋㅋㅋㅋㅋㅋㅋㅋㅋㅋㅋㅋㅋㅋㅋㅋ

—내가 뭘 본 거지?

—ㅋㅋㅋㅋㅋ와

—ㅠㅠㅠㅠ선우야…….

—선우가 그 강을 건너 버렸어ㅠㅠ

"어……?"

분명 주먹을 내질렀는데 손에 아무것도 느껴지지 않는 낯선 촉감.

그 모습을 물끄러미 바라보고 서 있던 도영은 제자리에 주저앉았다. 웃음을 참아보려고 해도 가시질 않는다.

"푸흡."

상준은 입을 가리며 고개를 돌렸다.

차마 멍하니 굳어 있는 선우의 표정을 볼 수가 없어서였다.

정신없이 웃던 도영은 재빠르게 일어나 펀치 기계 앞에 다가섰다.

"와아, 정말 대박이에요. 여러분!"

딴 사람도 아니고 도영이 이 일을 놓칠 리가 없다.

그 옆에서 유찬이 생글거리며 말을 거들었다.

"0점이 나왔어요. 0점이."

"이게 0점이 나올 수가 있나?"

'망할.'

선우는 두 손으로 붉어진 얼굴을 가린 채 동생들에게 암묵의 압박을 넣었다. 하지만, 선우의 간절한 바람을 전해 듣지 못했는지 도영은 해맑게 말을 더했다.

"에이, 그거 고장 난 거예요. 선우 형이 장풍 쏴서."

"우와, 신기해. 장풍도 쏴요, 형?"

막대 사탕을 오물거리며 던지는 막내의 묵직한 한마디.

줄곧 입을 가리고 있던 상준 역시 마이크를 들었다.

"아, 그랬구나. 역시 선우 말이 옳았습니다. 기계를 고장 냈네요."

"……."

두고두고 오늘 일이 회자될 게 뻔했다.

도영은 이미 짤을 만들어서 밤마다 돌려 볼 계획까지 세워둔 상태다.

선우는 세상을 다 잃은 표정으로 멍하니 서 있었다.

"내… 내가. 이 정도였나."

「트립 투 어나더」 때도 어느 정도 느낀 바긴 했지만.

그래도 명색이 댄스를 하는 아이돌이다.

이 정도로 운동 신경이 없는 줄은 난생처음 알았지만, 도영의 오두방정은 끝날 기미가 안 보였다.

"와. 나 19년 인생을 살면서 펀치 기계에 헛스윙을 하는 사람은 처음 봐."

"크흑."

선우의 허세는 둘째 치고 진귀한 장면이긴 했다.

유찬은 혀를 차며 말을 덧붙였다.

"이게 야구야? 펀치 기계가 날아와? 아니, 왜 형이 날아가?"

"그, 그러게 말이다."

역시 도움닫기가 문제였다고 중얼거리는 선우.

선우는 잠시 고민하더니 진지한 표정으로 고개를 들었다.

"아무래도 한 번 더 해봐야 할 거 같아. 기회 한 번만 더 줘."

"어… 음?"

상준은 떨떠름한 표정으로 선우를 돌아보았다.

선우가 어떤 점수를 찍든 상준에겐 상관은 없지만.

"진지하게 안 하는 게 좋을 거 같은데. 너를 위해서."

"…아니야."

"후회하는 미래가 그려지는데."

차라리 헛스윙으로 0점이 낫지, 저렇게 한 번 더 도전해서 확인 사살을 한다라. 굳이 추천해 주고 싶은 길은 아니었다.

상준은 다급하게 선우의 앞을 막아섰지만.

"파이팅!"

"잘한다, 잘한다. 선우 형!"

사악한 동생들은 열심히 응원 봉을 흔들고 있다.

동생들의 응원을 뒤에 업고 끝내 재도전을 시작하는 선우다.

"자, 간다!"

"간다, 간다!"

그리고.

"…편집해 주세요."

"형, 이거 생방송이야."

싸늘한 정적과 함께.

"아아악……."

선우의 곡성이 촬영장 내로 울려 퍼졌다.

제7장

충돌 I

"유이앱 반응 좋던데?"

선우 쪽으로 고개를 돌린 조승현 실장.

인사치레로 던진 그의 말에 선우의 표정이 창백하게 질린다.

선우의 몸치 영상은 이미 유이앱 하이라이트 영상으로 편집되어 각종 커뮤니티를 떠돌고 있었다.

"실장님, 그거 내려주시면… 안 될까요?"

선우의 다급한 한마디에도 조승현 실장은 어깨를 으쓱일 뿐이었다.

착잡한 선우의 마음에 도영이 불을 질렀다.

"어차피 그거 지금 내려도, 볼 사람은 이미 다 봤을걸?"

"아, 도영이가 뼈 때리네."

"……."

선우가 나가는 예능프로에서도 건수를 잡았을 테니, 더 적극적으로 각종 게임들을 선보일 게 뻔했다.

선우는 머리카락을 쥐어뜯으며 고개를 푹 숙였다.

"아악, 진짜 망했어……."

조승현 실장은 피식 웃음을 흘리며 선우를 빤히 응시했다.

'그래도 밝아 보이네.'

새로 시작한 예능 덕분인지 처져 있던 선우는 원래의 모습으로 완전히 돌아가 있었다. 자신을 응원해 주는 팬들도 는 덕분에, 전보다 훨씬 자신감이 넘치는 모습.

'좋네.'

탑보이즈의 리더 지선우다운 모습이다.

조승현 실장은 흐뭇한 미소를 지으며 상준에게로 고개를 돌렸다.

"아, 너희 수록곡 활동 곧 끝나지?"

"네."

"상준아, 이거 한번 봐봐."

상준을 향한 한마디에 상준은 번뜩 고개를 들었다.

조승현 실장이 내미는 서류.

수록곡 활동이 끝나면 그나마 널널해질 줄 알았는데.

"연기요……?"

"드라마 인 드라마 때 우리 엔터 유심히 보신 피디님이 연락 주셨어."

"아."

케이블에서 진행하는 메디컬드라마.

'드라마 인 드라마'에서 연기력을 보여주었던 상준에게 분명 좋은 기회긴 했지만, 서류를 자세히 살피던 상준의 표정엔 이내 의아한 빛이 감돌았다.

"그런데 역할이 안 정해져 있네요?"

"오디션 보러 오란다."

조승현 실장은 볼펜을 탁 내려놓으며 서류를 손으로 가리켰다.

남자주인공 역할과 그의 친구인 주조연의 역할.

"아직 무슨 역할인지는 미정이고 면접 결과에 따라 바뀐댔어."

"와, 진짜 빡세네요."

"형, 잡아야지. 이건."

유찬이 고개를 까닥이며 말을 던졌다.

사실 연기 초보인 상준의 입장에선 주조연 역할도 충분히 감지덕지였다.

그나마 케이블이기에 이 정도지, 주연 자리는 원래 넘볼 수도 없는 처지였으니.

"신인 작가긴 한데, 스토리도 괜찮은 거 같고. 좀 새로운 역할도 해보는 게 좋을 것 같아서."

사실 '드라마 인 드라마' 이후로 여러 웹드라마에서 배역 제안이 오긴 했었다. 하지만, 정식 드라마는 처음이기에 조승현 실장도 신중할 수밖에 없었다.

"시나리오는 내가 읽어봤는데 괜찮아."

"저도 한번 읽어볼게요."

상준은 조승현 실장이 건넨 서류를 빠르게 훑어 내려갔다.

약간의 로맨스가 섞인 메디컬드라마.

「셰익스피어의 시나리오」 재능이 없는 상태라고 해도 단번에 알 수 있었다. 시선을 끌어당기는 몰입도 있는 플롯에, 개성이 잘 드러난 주연들.

하지만 무엇보다.

'주연이 너무 당기는데.'

과거의 트라우마로 마음을 잘 열지 못하는 냉철한 천재 의사.

주소연의 매력도 충분했지만, 거침없이 제 주관을 드러내는 성격이 상준을 사로잡았다.

'완벽한 플롯.'

그리고 완벽한 캐릭터.

망설일 이유는 없었다.

연기를 하려고 아이돌이 된 건 아니지만, 케이블의 리스크를 감안하고서라도 이건 충분히 될 작품이었다.

상준은 서류를 움켜쥔 채 말을 뱉었다.

"하고 싶어요."

"어, 그래?"

상준의 한마디에 조승현 실장의 안색이 밝아졌다.

"뭐, 꼭 주연 아니더라도 좋은 기회야."

"주연 할 건데요."

"아……?"

상준에게 말을 꺼내면서도, 조승현 실장은 주연 역할을 기대하지 않았다. 아직 그만큼의 경력도 쌓이지 않은 데다가, 그쪽 역시 신인 아이돌을 주연으로 세울 것 같지가 않았으니까.

"……."

비록 유명 배우 황민철의 배역 아래 두 번째 비중을 차지하는 주연들이라고는 하지만.

'신인은 힘들지.'

그런데.

"주연, 할 수 있을 것 같아요."

"워후, 센터!"

상준의 패기 넘치는 한마디에 도영이 추임새를 넣었다.

"어어, 그… 그래라."

조승현 실장은 머리를 긁적이며 웃음을 흘렸다.

두 눈을 반짝이며 거듭 서류를 확인하는 상준.

'마음에 들었구만.'

아까 빠르게 훑었다면 이번에는 분석이다.

마치 이곳이 실장실이라는 것도 잊은 것처럼 상준은 시놉시스에 빠져들었다. 상처가 있지만 그걸 카리스마 있게 극복하는 주인공의 모습.

마냥 착한 배역보다도 굴곡이 있다는 점이 가장 마음에 들었다.

"그런데 상준아."

"네."

저렇게 열의가 넘치는 상준을 굳이 꺾고 싶진 않았지만.

꼭 짚고 넘어가야 할 부분이 있었다.

조승현 실장은 조심스럽게 입을 열었다.

"너무 기대하지는 말고. 사실 이번 JS 엔터에 두 자리가 들어왔거든."

"주연이랑 조연이요?"

"그래. 잘하면 그 둘 중 하나긴 한데……."

자신 말고도 도전자가 있다는 걸까.

상준은 침을 삼키며 조승현 실장을 바라보았다.

저렇게 말끝을 흘리는 걸 보면 대강 짐작되는 건 하나 있었다.

'만만치 않은 상대인가.'

이미 경력이 꽤 있는 배우이거나, 인지도가 있는 유명인일 터였다.

상준은 긴장한 기색으로 조 실장의 말을 기다렸다.

어느 정도의 마음의 준비는 했다지만.

"차은수, 알지?"

이건 예상하지 못했다.

* * *

"둘 중에서 난 누구 편이냐면, 형 편이야. 형이 바르고 와."

"바르고가 뭐냐, 바르고가."

"진심이라니깐."

농담 삼아 내거는 말이라는 건 알지만, 열변을 토하는 도영에게 상준은 미소를 지었다.

은수가 들었다면 목을 부여잡을 소리긴 했지만, 도영은 오두방정까지 떨어가며 상준을 응원했다.

"내가 봤는데. 형이 연기를 잘하진 않거든. 그런 의미에서 충분히 해볼 만한 싸움이다, 이거지."

상운 때문에 은수와는 블랙빈 내에서도 유독 친분이 있는 사이였다.

그렇기에 굳이 이겨먹겠다는 생각을 하고 싶진 않았다.

'그렇다고 질 생각도 없지만.'

* * *

플롯은 완벽하게 분석했다.

상준은 연습 대본을 거듭 살피며 오디션 때 시킬 만한 대사들을 하나씩 읊어나갔다.

'여기선 이렇게.'

'이 파트에서는 이런 느낌으로.'

"내가 선택한 거야. 이 병원도, 이 환자도."

한 치의 물러섬도 없는 당당한 태도.

단호한 상준의 목소리가 허공에 울려 퍼지던 순간.

"어?"

벌컥.

문을 열고 익숙한 얼굴이 들어왔다.

"어, 은수야."

비록 경쟁자긴 하지만, 오랜만에 보니 반가운 얼굴이다.

상준은 일어나서 차은수를 향해 인사를 건넸다.

그런데.

"……"

휘익.

상준의 인사를 무시하고 지나쳐 버리는 은수다.

"아?"

상준은 당황한 낯빛으로 멋쩍은 손을 내렸다.

'왜 저러지.'

인사를 못 보고 지나쳤다기엔 너무도 정면이었다.

'무슨 일 있나.'

상준은 걱정스러운 눈길로 은수를 돌아보았다.

그 순간.

오디션장 안에서 낮게 깔린 목소리가 들려왔다.

"자, JS 엔터 들어와 주세요."

상준은 일어서서 곧바로 오디션장 안으로 향했다.

"아, JS 엔터에서 이 둘 보낸 거 맞죠?"

"음. 둘 다 아이돌이네."

상준보다도 웹드라마 경력이 많은 은수.

더욱이 인지도로 치면 블랙빈과는 아직 비교도 안 되는 처지다.

지난해에 데뷔해서 각종 신인상을 휩쓸고 다니며 떠오르는 신성으로 주목받았던 블랙빈.

예능 활동도 잦았던 은수기에, 심사 위원들의 시선은 이미 은수에게 쏠려 있었다.

"자주 보네."

"네, 안녕하세요."

"연기는 좀 많이 해봤나?"

감독 옆에 앉은 한 남자가 은수에게 질문을 던졌다.

은수는 한 치의 망설임 없이 고개를 끄덕였다.

"잘할 자신 있습니다."

"오호, 그래."

확실히 믿음이 가는 건 은수 쪽일 수밖에 없었기에.

상준 역시 예상했던 상황이었다.

하지만, 초조해하지 않고 상준은 담담한 표정으로 정면을 응시했다.

그 순간.

"대본 받았죠?"

"네, 그렇습니다."

"받았습니다."

가운데 앉은 남자가 이번 드라마의 감독.

남자는 턱을 쓸어내리며 본론으로 들어갔다.

"뭐, 긴말할 것 없고. 바로 연기로 들어가죠. 받은 대본 3페이지에 세 번째 씬 체크해 보세요."

"아, 네."

부스럭.

남자의 한마디에 상준과 은수는 동시에 같은 페이지를 펼쳤다.

따로 진행되는 면접도 아니고 이어서 연기를 펼칠 예정이라면, 당연히 비교될 수밖에 없다.

거기에다가 같은 대사.

"누가 먼저 해볼래요?"

"제가 먼저 하겠습니다."

은수는 당차게 대본을 펼쳐 보였다.

상준은 침을 삼키며 대본을 슬쩍 훑었다.

"아, 보고 해도 돼요."

빠르게 대본을 훑어 내려가는 상준을 확인한 감독이 손사래를 쳤다.

상준은 대본을 내려놓으며 고개를 들었다.

"아."

"어차피 아직 못 외웠을 테니까……."

"외웠습니다."

상준의 한마디에, 심사위원들의 시선이 그에게 쏠렸다.

무려 1화분의 대본이다.

겨우 3일 전에 건네준 상태니, 애당초 외웠으리라고는 기대도 안 한 상태였다.

심지어.

'무슨 배역을 시킬 줄 알고.'

둘에게 주어질 배역은 주연 역할과 주조연 역할.

이렇게 두 명분의 대사를 모두 외웠을 리는 만무했다.

감독은 상준의 패기에 웃음을 흘리며 말을 던졌다.

"제가 무슨 대사 시킬 줄 알아요?"

"……."

"최태령 대사 해보세요."

감독의 한마디에 차은수의 눈빛이 흔들렸다.

그들이 오디션을 보러 온 역도 아닌, 전혀 다른 조연의 역할.

고로, 은수가 체크하지도 못한 파트였다.

그런데.

"할 수 있습니다."

"네……?"

괜한 패기에 굳이 딴지를 걸어본 거였는데.

상준의 말에 감독은 제법 당황한 얼굴이 되었다.

'말도 안 돼.'

1화 드라마 대본을 통으로 외울 수 있는 사람이 몇이나 있을까.

"이건 또 무슨 소리지?"

"3페이지, 세 번째 씬. 주인공과 최태령이 갈등하는 씬 말씀하시는 거죠?"

'영 불안하단 말이지.'

연기 오디션을 정식으로 처음 보는 상준이었다.

고로, 일반적인 오디션의 구조 자체는 전혀 모르고 있었다.

'거기서 시키는 대사, 네가 할 수 있는 최선으로 하면 돼. 너무 부담 가지진 말고.'

블랙빈의 차은수와의 배역 대결.

괜히 상준이 상처를 받게 될까 싶어, 조승현 실장은 최대한 조심스러운 조언만 건넨 상태다.

오히려 그 때문에, 상준은 자신이 할 수 있는 최선을 다할 수 있었다.

'다 외웠지.'

상준은 두 눈을 반짝이며 고개를 치켜들었다.

「신이 내린 암기력」.

단기 암기력이라는 단점이 있긴 하지만, 어젯밤에 쏟아부었던 대사들은 아직 그의 머릿속에 선명했다.

준비는 끝났다.

상준은 미소를 지으며 입을 뗐다.

"그럼, 보여 드리겠습니다."

『탑스타의 재능 서고』 4권에 계속…